별빛을 담다

별빛을 담다

1판 1쇄 발행 ㅣ 2025년 11월 26일

지은이　　고미화
발행인　　이선우
펴낸곳　　도서출판 선우미디어
　　　　　등록 ㅣ 1997. 8. 7 제305-2014-000020
　　　　　02643 서울시 동대문구 장한로12길 40, 101동 203호
　　　　　☎ 2272-3351, 3352 팩스: 2272-5540
　　　　　sunwoome@daum.net
　　　　　Printed in Korea ⓒ 2025. 고미화

15,000원

※ 이 책은 충청북도 충북문화재단 예술창작활동 지원사업 지원금으로 제작되었습니다.

ISBN 978-89-5658-813-1 03810

별빛을 담다

고미화 수필집

선우미디어 sunwoomedia

작가의 말

저녁 산책을 나설 때면 습관처럼 하늘을 올려다봅니다. 어릴 때부터 몸에 밴 습관 중 하나입니다. 세상이 온통 물음표를 달고 있던 유년 시절엔 밤하늘 별빛이 유난히 반짝였습니다. 여름밤 시골집 마당은 별의 놀이터 같았지요. 저녁 밥상이 물러간 평상에 누우면 푸른 하늘 가득 은빛 은하수가 펼쳐졌습니다. 그 황홀한 물결에 손을 넣으면 신비한 빛 사이 어딘가에 있는 파란 꿈이 잡힐 것만 같았습니다. 별빛의 다정한 소곤거림을 자장가 삼아 잠들던 시절을 떠올리면, 지금도 마음이 평온해집니다.

빠르게 흐르는 세월과 함께 생활문화도 고속으로 진화하는 시대입니다. 문명의 발달은 우리에게 더욱 편리한 생활을 제공하지만, 그만큼 놓쳐버린 것들도 많은 듯합니다. 나이 들면서 깨닫게 되는 것 중 하나는 값으로 환산할 수 없는 것들의 소중함입니다. 현란한 불빛 속에 가려져 잊고 지내던 별빛처럼, 분주한 일상에서 잃어버린 것들은 없는지 돌아봅니다.

흩어진 조각을 쓸어 담듯이 두서없이 써온 글들을 한데 모아 보니, 별 이야기가 제법 많았습니다. 어두운 길을 걷다가 무심히 올려다본 하늘에 그 조용하고 따스한 미소가 얼마나 포근하던지요. 별을 좋아하지 않는 사람이 드물겠지만, 저 또한 별빛에 마음을 많이 기대며 살았나 봅니다. 어쩌면 짙푸른 밤하늘에 서 있는 시간이 많았기에 별바라기를 더 좋아하는지도 모르겠습니다.

헤아릴 수 없는 별처럼, 무수한 우리 삶의 모습도 고유한 빛으로 반짝입니다. 설익은 글 속에 작은 바람을 얹어 첫 수필집을 냅니다.

부족하지만 책 속의 한 문장이 누군가에게 잃어버린 무언가를 찾는 기회가 된다면 하는 마음입니다. 고요한 밤하늘을 은은하게 밝히는 작은 별빛 하나, 마음의 창에 걸어 놓는 시간이기를 감히 소망합니다.

미흡한 글이 수필이 되기까지 이끌어주신 이방주 선생님께 깊이 감사드립니다. 또한 감성적 공감으로 영감을 주는 친구들과 별빛처럼 한결같은 모습으로 응원을 아끼지 않는 가족들에게 고마운 마음 전합니다.

2025년 초가을에

고미화

차례

1. 하늘빛을 담으려면

노을 앞에서

'그리움'이라는 명사에 색을 입힌다면 주저하지 않고 오렌지색 물감을 먼저 집어 들겠다. 으깨진 홍시 같은 주홍색에 노란색과 청색, 보라색을 곁들여 다채로운 노을빛으로 표현할 것이다.

해 질 녘이다. 하루 중 가장 좋아하는 시간이다. 고운 노을을 마주하고 서쪽을 향해 달리자니, 아련한 향수가 한 오라기 연기 처럼 피어올라 가슴을 채운다. 질주했던 태양이 숨 고르기를 하 는 시간, 일각 일각 변하는 노을 앞에 서면 쓸쓸하고도 차분한 서정에 마음이 느슨해진다. 가슴속을 허허롭게 넘나들던 까닭 모 를 파고도 그 품에 기대면 포근한 이불처럼 따듯하다.

수원에 계시던 친정어머니께서 세종시로 이사하셨다. 어머니 가 가까이 오신 것도 좋지만, 노을 바라기를 좋아하는 내게 해거 름에 친정으로 향하는 길은 묘한 감흥을 불러일으킨다. 내 그리 움의 시원과 원적을 동시에 마주하는 시간이 주는 행복감 같은 것이다. 유년 시절을 보내며 겪은 성장통에는 '그리움'이라는 무늬가 짙게 배어 있다.

어른들의 세계를 온전히 이해할 수 없는 나이에 부모님과 떨어져 산다는 것은 커다란 결핍이었다. 친구들과 놀다가 할머니의 부르심을 듣고 집으로 돌아갈 때의 노을빛은 처연하게 고왔다. 붉은 노을빛을 따라가면 아득한 지평선 너머 어딘가엔 꿈꾸던 세상이 펼쳐질 것만 같았다. 노을은 그리움의 잔영이 되고 꿈을 갖게 했다.

내 그리움의 무늬는 다채롭다. 새벽녘 등잔불 아래서 바느질하시던 할머니의 모습도, 어린 동생을 등에 업고 신작로에서 버스를 타시던 어머니의 모습도 아릿하게 기억된다.

석양이 빚어내는 노을은 우리의 모습 같다. 닮은 얼굴, 비슷한 표정은 있을지언정 어느 하루도 똑같은 날은 없다. 늦여름이나 초가을 맑은 날의 강렬하고 붉은 노을도 좋지만, 잔불이 남아있는 아궁이 속처럼 은은한 온기가 느껴지는 2월의 유순한 노을빛도 좋다.

가까운 친구가 이런 말을 했다. '그리움은 원치 않은 잃음의 반영이다. 그리움은 사랑에서 시작된다. 승화된 사랑이 열매로 남은 것이다.' 그의 사유와 언어가 내 사고의 지평을 넓혀주었다. 지금 곁에 없는, 닿을 수 없는 그 대상에 대해 간절함이 그리움이란 싹을 틔운다. 사랑을 주고받을 수 없는 안타까운 마음 안에서 생성되는 것이라서 그리움을 담고 사는 이의 마음은 유순할 수밖에 없다.

어느 해 아들이 군 복무 중일 때의 일이다. 포천 어느 부대에서 운전병으로 근무했다. 매주 전화로 안부를 주고받던 아들이 한 달이 넘도록 연락이 없었다. 언론 매체는 연일 서해안 해군 함정 침몰 사건 관련 보도로 어수선했다. 염려와 그리움으로 소식을 기다리던 어느 날 저녁 무렵 드디어 아들에게서 전화가 왔다. 흥분된 어조의 첫마디에서부터 가족을 향한 그리움이 흘러나왔다.

"엄마 저 이틀 전에 집 근처까지 갔었어요."

자초지종을 들어보니 수송병으로 차출되어 평택항에서 비상 근무를 하던 중에 증평에 다녀갔다고 했다. 가슴이 아렸다. 집을 지척에 두고 돌아가는 아이의 마음을 헤아리니 코끝이 찡했다. 다음 날 일정이 있어서 서울에 올라가는 길이었다. 중부고속도로 2차선에 군용 트럭들이 꼬리에 꼬리를 물고 이어졌다. 전날 밤 아들이 한 말이 떠올라 가슴이 뛰기 시작했다. 차간 거리와 속도 조절을 하면서 군용 트럭 운전석을 하나씩 확인하기 시작했다. 군복을 입은 옆모습이 모두 아들처럼 보였다. 길게 이어진 트럭 운전석 어딘가에 분명 핸들을 잡은 아들이 있을 것만 같았다. 선두에 선 트럭을 지나쳐 들어선 휴게소에도 군용 트럭이 있었다.

다시 마음이 분주해졌다. 지폐를 몇 장 주머니에 넣고 차에서 내렸다. 삼삼오오 모여 있는 군인들에게 다가갔다. 그들에게 약간의 간식을 사 주는 것만으로도 아들을 향한 그리움이 덜어질 것 같았다. 망설임 끝에 인사를 건네자 한 사병이 웃으며 물었다.

"아드님을 군대에 보내셨지요? 어머님들이 부대 소속을 많이 물어보세요."

호출을 받은 그는 미처 내 용무가 끝나기도 전에 인사를 남기고 뛰어갔다.

군 복무를 마치고 돌아온 아들은 이제 곁에 있지만, 그때의 감정은 또 다른 그리움의 무늬로 남아있다. 세월에 따라 그리움도 이동한다. 노스탤지어의 속성은 항상 닿을 수 없는 곳에 존재하니까. 사랑과 그리움이 비례하는 것이라면, 나는 사랑을 많이 가진 사람인 듯하다. 추억의 갈피갈피에 새겨진 무늬가 소중한 그리움으로 간직되었다. 사랑하는 사람과의 첫 만남, 설레었던 시간도 여전한 그리움으로 남아있다.

서쪽을 향해 달리는 이 시간, 나는 지금 미래의 그리움 속으로 가고 있다.

[2021. 2.]

하늘빛을 담으려면

　인색한 겨울 햇살에 단단히 빗장을 걸어 잠갔던 호수가 드디어 맑은 하늘을 비치기 시작했다. 겨우내 계속되는 한파에 꽁꽁 얼어있던 호수였다. 계절의 추가 봄 쪽으로 기울기 시작하자 호수의 표정이 다양해졌다. 밤과 낮 동안 얼었다가 녹기를 반복하며 결이 다른 무늬를 그리더니, 초봄에 들어서자 마침내 푸른 하늘을 산책하는 하얀 뭉게구름까지 온전히 담아내고 있다. 지난 늦가을까지만 해도 녹슨 청동거울처럼 짙은 녹색 낯빛으로 좀처럼 맑아질 기미가 보이지 않던 호수였다. 그런데 오늘은 길게 늘어뜨린 능수버들과 곧게 뻗은 플라타너스의 실루엣까지 놓치지 않는다. 아팠던 아이가 자리를 털고 일어나는 것을 보는 것처럼 반갑고 대견하다.

　언제부터인지 출근하면 습관처럼 호수 물빛을 살피는 것으로 일과를 시작했다. 짙푸른 녹색 얼굴을 마주할 때면 왠지 내 마음

빛을 보는 것 같아 기분이 가라앉았다. 막연한 기다림이 시작된 것은 그때부터였으리라. 비록 자정 능력이 없는 인공호수라지만 시간의 힘이라도 빌린다면 언젠가는 투명한 얼굴을 볼 수 있지 않을까 하는 기대감으로, 호수 물빛과 내 마음의 채도를 동일시하며 응원의 눈길을 보내곤 했다.

지난여름 내렸던 장맛비는 유난스러웠다. 세찬 폭우를 무방비 상태로 받아 든 저 작은 호수는 불어난 몸을 끌어안고 몸부림치고 있었다.

안온하던 내 삶의 뜨락에도 먹구름이 드리워지고 매서운 비바람이 몰아쳤다. 뜻하지 않게 맞닥뜨린 현실이 낯설기만 했다. 뿌리째 뽑힌 나무처럼 한동안 마음을 가누기가 힘들었다. 적지 않은 경제적 상실감이 혼란스러웠지만, 더욱 견디기 힘들었던 것은 신뢰를 저버린 사람에 대한 배신감이었다. 금전적인 손실은 회복 가능성의 희망을 기대할 수 있지만, 오랜 인연이 남긴 상처는 깊은 암흑 속에 빠진 것처럼 절망감을 느끼게 했다. 의연함으로 가려진 가장의 고통을 보면서 붉은 황톳물을 토해내는 호수가 어서 안정을 찾고 본래의 모습으로 돌아오기를 기다려야만 했다.

슬픔도 지극해진 후에야 비로소 슬픔을 넘어설 수 있다고 했던가. 종기의 고름도 가득 차야 터뜨려 깨끗하게 짜낼 수 있듯이….

소극적인 내 바람이 저 혼탁한 수심 아래까지 닿기엔 역부족이었는지 가을이 와도 맑은 호수의 얼굴은 요원하기만 했다. 어쩌면 저 호수는 영원히 맑아질 수 없는 운명을 받아들이고 있는지도 모르겠다고 생각하면서도 기대의 끈은 놓고 싶지 않았다.

언젠가 저 호수의 몸속 일부를 잠시 들여다볼 기회가 있었다. 호수 위에 만들어 놓은 나무 잔도를 따라 들어갔을 때였다. 물속으로 과자를 던져주지 말라는 안내문이 붙어있는데도 불구하고, 사람들은 물고기를 보기 위해 호수 위로 손을 뻗었다. 과자가 수면에 떨어질 때마다 잉어 떼가 몰려들었다. 크고 작은 물고기들이 먹이를 쟁취하기 위해 눈이 튀어나올 듯이 덤벼들었다. 그것은 그동안 내가 가지고 있던 예쁜 물고기에 대한 환상을 여지없이 무너뜨렸다. 물속이 환히 비치는 연못에서 고고한 자태로 물결무늬를 그리며 노닐던 물속 화가들의 모습은 찾을 수 없었다.

어느 해 늦여름 무심히 나선 드라이브 길이 좌구산 근처까지 가게 되었다. 입구에 있는 호숫가 산책로를 걷는데 파란 하늘 마당이 눈에 들어왔다. 고요한 호수가 파란 하늘을 선물처럼 펼쳐 놓고 있었다. 잔잔한 그 품으로 고고히 유영하는 하얀 뭉게구름까지 여유롭게 감싸 안았다. 한산한 오후 시간 눈 앞에 펼쳐진 그곳은 마치 조물주가 감춰 놓은 보물찾기 쪽지 중 하나처럼 여겨졌다. 누구든 쉽게 찾을 수 있도록 준비해 둔 선물이었다. 은빛 윤슬 아래 여유롭게 움직이는 작은 물고기의 몸놀림까지 비치기 위해 호수는 어떤 시간을 지나왔을까?

태생적인 혜택을 입은 그 호수는 좌구산 골짜기에서 흘러 들어오는 맑은 물에 힘입어 잉여의 상념들을 흘려보냈으리라. 가장자리 얕은 수심을 후벼 파는 굵은 빗줄기도 고스란히 받아 스스로를 다독이고 진정시킨 후에야 비로소 그렇게 맑은 얼굴로 하늘빛을 온전히 담을 수 있었으리라.

사람의 마음도 크게 다르지 않을 것이다. 고운 풍경을 내 안에서 비치려면 내면의 물이 맑아야 한다. 맑고 고요한 수면에 파란 하늘빛이 담겨 평화로운 마음을 소유할 수 있을 것이다. 누구라도 세속의 영향권에 자유로울 수 없다. 태풍이 휩쓸린 상처로 혼탁해진 내면의 물빛을 정화하려면 흘려보내는 지혜가 필요하다. 예고 없이 들어온 불순물들이 흘러나갈 수 있도록 마음의 수문을 적절히 여닫으며 침전시킬 수 있는 훈련이 나에게도 필요한 과제였다.

저녁 식사 시간이 다가오는지 사람들의 발걸음이 뜸하다. 익숙한 산책로를 오랜만에 걸어본다. 저녁 어스름이 내려와 동행을 자처한다. 하나둘 켜지는 네온사인이 호수에 담기기 시작했다. 이제 곧 밤이 오면 어둠이 지닌 고유의 손길로 호수의 내밀한 상심을 다독이리라. 볼을 스치고 지나가는 미풍이 하루 동안 쌓인 무게를 살며시 덜어 간다. 가벼운 마음이 발끝에 닿는다. 내일이

면, 이 호수도 조금은 더 환한 얼굴로 하늘을 반기리라는 기대를
해본다. 무심히 바라본 하늘엔 환한 인공 빛에 밀려난 별들이 묵
묵히 본연의 모습으로 미소 짓고 있다.

[2018. 3.]

디어 마이 프렌즈 고독

당신은 또 그곳에 있었습니다. 제주도 여행 이틀째, 하루 여정이 끝나갈 무렵이었습니다. 옛 기억을 더듬어 한때 자주 지나다녔던 거리를 걷고 있었지요. 익숙한 듯 낯선 골목길에서 전에 없던 표지판 하나를 마주했습니다.

〈이중섭 미술관〉, 작가에 대한 얕은 지식과, 순간 발동한 호기심이 발걸음의 방향을 그곳으로 돌려놓았지요. 폐관 시간이 가까워서인지 적당히 조용한 전시실은 작품을 감상하기엔 알맞은 분위기였습니다. 호젓한 공간에는 일본인 아내에게 보냈던 편지글과 소박한 그의 작품들이 수면에 내려온 햇살처럼 반짝이고 있었지요. 절절한 그리움의 소산인 걸작들이 늦은 시간에 방문한 관람자의 가슴으로 서서히 스며들었습니다. 재치와 희망으로 현실의 결핍을 초월한 글과 그림에서 따뜻한 빛이 흘러나오고 있었지요.

'그리움'의 어원은 '긁다'라고 한다지요. 뾰족한 물체로 긁어내어 새기는 그리움, 담배 은지를 긁어 그리움을 담는 동안 그의 가슴에도 은지화와 똑같은 그리움이 아로새겨졌으리라는 생각에 제 마음속에서 오래된 상흔이 떠오르고 있었습니다.

당신의 존재를 알아챈 것은 전시실을 나와서 야트막한 돌담을 따라 들어간 작은 집이었습니다. 마당으로 들어서자 한 노파가 툇마루에 앉아 나뭇잎 사이로 내비치는 서귀포 앞바다를 바라보고 있었습니다. 기다림이 일상이 되어버린 사람처럼 아주 오랫동안 누군가를 기다려 온 듯한 그 모습은 마치 집의 일부분처럼 보였지요. 처음엔 저녁 어스름이 빚어내는 분위기 때문이리라 생각했습니다. 늑대와 개의 시간이 빚어내는 애수哀愁가 담긴 고적한 하루의 여운이라고….

세월의 흔적이 짙게 배어 있는 좁은 방, 누런 벽지에 붙어있는 한 편의 시 속에서 당신의 실존을 알아챘지요.

삶은 외롭고 서글프고
그리운 것 아름답도다
여기에 맑게 두 눈 열고
가슴 환히 헤치다.

이중섭의 '소의 말' 중에서

절규처럼 들리는 소의 말은 제 심연의 밑바닥에 가라앉아 있던 빛바랜 사진 같은 상처를 아프게 띄워 놓았습니다.

시공간을 초월해 넘나드는 당신의 위력을 절감하는 순간, 무의식에 숨어 있던 파편이 초겨울 새벽의 싸한 공기처럼 올라와 가슴을 아리게 했지요.

어쩌면 저는 당신이란 존재를 너무 일찍 알아버렸는지도 모르겠습니다. 유년 시절의 어느 새벽이었습니다. 마치 우주에 혼자 남겨진 것만 같은 막막함이 가슴을 짓누르던 시절이었지요. 부모님의 별거로 할머니 손에 맡겨졌던 때였습니다.

당신은 남쪽 끝 바닷가의 어느 시골 마을에서, 동화 속 주인공이 되어 상상의 나라에 곧잘 드나드는 한 소녀를 지켜보았겠지요. 꿈꾸지 않으면 한겨울 새벽 하얀 격자무늬 창을 뚫고 들어오는 짙푸른 여명을 감당할 수 없었던 8살 꼬마를….

애잔한 눈빛으로 따뜻하게 안아주시던 할머니의 품으로는 부족했던 그 큰 공허함이 그리움이었다는 것, 제 곁을 맴돌고 있던 실체가 바로 당신이 있었다는 것을 아주 나중에 알게 되었습니다만.

고요한 성품을 지닌 당신은 대단한 위력을 소유하고 있지요. 누군가는 당신의 무게를 감당하지 못해 스러지기도 하고, 헤아릴 수 없이 많은 사람은 당신을 통해 깊은 내면의 샘에서 위대한 걸작을 길어 올리기도 하지요. 만인의 친구인 당신은 무소불위의 권력으로 불청객을 자처하지만 저는 결코 당신이 싫지 않습니다. 아니, 어쩌면 당신의 방문을 종종 기다리고 있는지도 모릅니다. 분주한 일상으로 밀도 높은 하루하루를 지내다 보면 때때로 당신이 그리워질 때도 있으니까요. 당신과 단둘이 마주하는 고요한 시간, 오롯한 방외인이 되어 풍요로운 내면의 바다를 유영하는 포만감을 느끼고 싶을 때가 있음을 고백합니다.

젊은 날에 당신이 건네주곤 했던 선물이 노란빛의 희망이었다면, 요즈음 당신의 선물은 차분한 갈빛이 더해진 듯합니다. 당신과 함께하는 시간 속에서 심연에 일렁이던 파도를 잠재우고, 내 본연의 모습을 확인하며 새로운 꿈을 찾을 수 있기 때문입니다.

그럼, 이제 어설픈 짝사랑 고백을 멈추고, 불시에 찾아올 당신을 맞이할 준비를 해야겠습니다. 섬세하고 예민한 당신과 유익한 시간을 보내려면 내면의 균형을 잘 유지해야 하니까요. 우리의 상생 관계가 언젠가는 흐르는 시간 속에 흩어져 흔적 없이 사라질 수도 있습니다. 그래서 당신이 드리운 침잠의 시간을 특별한 거울로 활용할 생각입니다. 환한 빛 속에 가려진 내 모습을 살펴, 흠집을 채우고 모난 곳을 다듬을 것입니다. 당신과 동행하며 영혼을 살찌우는 시간으로 채운다면, 언젠가는 누군가를 다독이는 소박한 문장 하나쯤 얻을 수 있지 않을까? 하는 무모한 소망 하나 가져 봅니다.

　참! 제가 말 안 했던가요? 뒤엉킨 상념의 실타래를 풀고, 허기진 영혼을 채울 수 있는 절대자를 만날 때에도 당신이 꼭 필요하다고요. 저의 모든 허물을 다 아시는 그분께 다가가 하소연하고 위로를 받을 때도 당신은 참 좋은 친구랍니다.

[2019. 5.]

어느 하루

그런 날이었다. 뒤엉킨 실타래를 지닌 것처럼 기분이 명쾌하지 않은 날.

지루하게 이어지는 장마 탓이었을까? 구겨진 옷을 입은 것처럼 정갈하지 못한 마음 한 자락이 심기를 어지럽혔다. 펼쳐놓은 책의 문장들마저 시야를 벗어나고자 안달하는 오후였다. 불현듯 진천읍 오일장이 생각났다.

습기를 머금은 7월 중순의 공기는 짙어가는 신록의 팔을 부여잡고 여름의 정점으로 치닫고 있었다. 차창 밖에 펼쳐진 진초록 풍경에 무심히 던진 눈길이 '종 박물관'이라는 표지판에 닿았다. 순간적 끌림이었다. 망설임 없이 핸들을 돌려 박물관으로 향했다.

평일 한낮 주차장은 한산했다. 광장 한편에 있는 분수에서 뿜어 나오는 물줄기가 한여름 열기를 가르고 있었다. 물놀이를 즐기며 뛰어노는 아이들의 함성이 경쾌한 음악처럼 나른한 오후의 여백을 채우고 있었다. 1시간 남짓 남은 폐관 시간에 쫓기듯 전시실에 들어섰다. 여유로운 관람은 다음 기회로 미루고 발걸음을 재촉했다. 그런데 예기치 않은 곳에서 발목을 붙잡히고 말았다.

우리나라 범종을 비롯한 다양한 종의 역사와 제작 과정이 흥미로웠다. 아래층으로 내려와 작은 기획 전시실로 들어설 때였다. 하얀 벽에 까만색으로 써 놓은 한 단어가 눈에 들어왔다.

'카오스모스chaosmos', 'chaos'와 'cosmos'의 합성어란다. 순간 시원한 바람 한 점이 가슴속에 들어와 잔잔한 파문을 일으켰다. 한낮 뙤약볕에 서 있다가 소나기를 만난 듯 시원했다. 조금 전 2층 전시실에서 들었던 종소리의 여운 때문이었을까? 검은색 활자에서 울리는 맑고 신묘한 종소리가 귓가에 맴돌았다. 순간 그 짧은 문장에서 퍼져 나온 잔잔한 파동이 나를 토닥이는 것 같았다.

혼돈과 질서의 공존 속에 사는 우리의 삶이, 매 순간 질서정연할 수만은 없지 않겠는가? 때로는 명쾌하지 않은 관념에 지나치게 얽매이지 않아도 된다고….

'카오스모스(chaosmos)', 혼돈 속의 질서를 의미하는 언어 속에서 혼돈과 질서의 조화를 읽었다. 실재하는 모든 생명체는 혼돈과 질서 속에 존재한다. 자연의 섭리가 그렇고 우리가 살아가는 세계 또한 그러하다.

때때로 인간적인 한계를 경험하곤 한다. 신망하던 누군가에게서 실망감을 느낄 때면 '완벽한 사람은 없다.'라는 말을 위안으로 삼는다. 존재의 나약함을 인정하고 받아들이는 것이다. 불완전한 가운데에서 완전함을 추구하는 하나의 인격체가 바로 우리의 모습인 듯하다.

장마철 많은 비가 내리는 계곡의 급류는 혼탁하다. 토사가 섞인 황토물은 혼돈의 한 모습 같다. 하지만 비가 그치고 난 뒤, 바위와 자갈을 돌아 흐르고, 긴 뼈대를 드러낸 나무뿌리를 지나는 동안 물은 점차 본연의 맑은 모습을 되찾는다. 내 안에 쌓인 불투명한 존재도 시간의 계곡을 흐르는 동안 정화되어 본래의 색채를 찾으리라는 위안을 얻었던 날이 있었다.

오늘 다시 찾은 이곳, 부속 건물처럼 옆에 있는 판화미술관에도 들렀다. 눈에 띄는 그림 한 점이 먼저 내 마음 마당에 제 자리를 만든다. 짙은 카키색 베이스에 검은색을 덧칠한 사각 프레임 중앙에 견고하게 묶인 매듭 하나를 그린 작품이다. 어두운 밤의 색깔처럼 잿빛과 붉은빛으로 음영을 준 강렬한 매듭은 오른쪽 한 지점에서 비치는 흰빛으로 인해 더욱 도드라져 보인다. 그림 속의 어떤 요소가 내 마음의 문을 열었을까? 전시관을 한 바퀴 둘러보고 난 다음 다시 돌아가 그 작품 앞에 섰다. 다른 작품을 감상하는 내내 잔상이 따라다니던 작품을 천천히 톺아본다. 처음에 놓쳤던 부분에 눈길이 머문다. 단단하게 묶여 있는 굵은 매듭이 한쪽 끝을 잡아당기면 쉽게 풀릴 수 있도록 묘사되어 있다.

매듭은 반드시 풀 수 있다는 작가의 메시지가 내 안에 또 다른 공명을 일으킨다.

[2019. 7.]

휴게소에서

커피를 내리지 못한 채 차에 올랐다. 신혼부부인 아들 내외와 영광에 있는 선영先塋에 가는 길이다. 새 식구가 된 예쁜 며느리와 함께하는 첫나들이가 묘한 설렘을 준다. 고속도로 주변 산야에 평화로운 기류가 흐른다. 잔설로 도드라진 겨울 산의 능선이 감흥을 보탠다.

휴게소 건물 끝에 카페에 들렀다. 한산한 매장의 카운터 앞이 정체 상태다. 계좌이체로는 결제가 안 된다는 직원의 말에 내 앞의 고객이 난처한 표정을 짓는다. 얼핏 정황을 살폈다. 두 명의 여직원이 일하는 공간, '음료 픽업'이라 쓰인 테이블에 테이크아웃 컵 두 개가 놓여 있다. 주문을 받는 동시에 한 사람은 음료를 준비한 모양이다. '그럼 어쩌지?'를 반복하며 핸드폰만 들여다보는 남성의 모습에 시선이 갔다. 왜소한 체격을 가린 입성이 나들이 차림은 아닌 듯했다. 작업복 같은 회색 점퍼를 정갈하게 차려

입었다.

직원의 응대가 단호하다. 업무 지침에 충실한 태도에는 해결책의 여지가 보이지 않는다. 뜻하지 않은 상황에 내 마음이 분주해진다. 타인의 상황에 공감할 것인지, 소극적인 관망자로 기다릴 것인지.

"제가 대신 계산할 테니, 제 계좌로 이체하시겠어요?"

어설픈 내 오지랖에 그는 인사를 거듭하며 나갔다. 커피를 들고 가족들이 기다리고 있는 야외 테이블에 합류했다. 그때 잠시 나를 갈등의 기로에 세웠던 주인공이 작은 트럭 옆에 서 있는 것이 보였다.

조금 전의 경험담을 가족들에게 들려주었다. 남편이 '신종 사기에 말려든 거 아니냐?'라며 겁을 주듯이 놀린다. 남의 말을 곧이곧대로 듣는 편인 내겐 지울 수 없는 흑역사가 있다.

30여 년 전, 개인 교습을 겸한 작은 플라워숍을 운영할 때였다. 어느 날 한 청년이 들어왔다. 맞선을 보기 위해 제주도에서 올라왔다는 그는 공항에서 오는 동안 지갑을 분실했다고 했다. 당황한 기색으로 곤란한 상황을 설명했다. 도움을 청하는 태도가 침착하고 정중했다. 핸드폰과 신용카드가 일반화되기 전이었다. 가게의 유선 전화로 가족과 통화까지 하는 그의 언행에는 의문점이 없었다. 집에 돌아가면 바로 보내주겠다는 말을 믿고 필요한 돈을 빌려주었다. 몇 시간이 지난 후에야 서툰 세상사 공부를 했다는 사실을 알아차렸다. 허탈감과 자괴감이 밀려왔다. 한동안 후유증이 이어졌다. 낯선 사람을 대할 때면 먼저 색안경부터 쓰게 된 것이다.

차를 마시며 담소를 나누다가 자초지종을 들으신 본당 수녀님이 위로와 함께 일침을 놓으셨다. '분별력 없는 신뢰는 누군가에게 죄짓는 기회를 제공할 수도 있다.'라는 말씀은 깨달음을 주는 아픈 회초리였다. 현명하고 책임감 있게 세상을 바라보라는 처방전이었다.

때로 우리의 사회적 자아는 정체성의 혼란을 겪기도 한다. 사회사상가 제러미 리프킨은 일찍이 그의 저서 ≪공감의 시대≫에서 공감의 확장과 필요성을 강조했다. '다른 사람의 곤란한 처지를 알게 되었을 때, 공감하고 지지해 주려는 노력이 우리에게 활력이 된다.'

공감의 순기능을 믿는다. 배려의 나비효과를 상상해 본다. 지금, 이 순간 우리의 공감과 사소한 배려가 인류의 미래를 지탱해 주는 원동력이 되리라는 생각은, 여전히 어리석은 나의 소신이다.

[2024. 1.]

공산성에서

이글거리던 땡볕이 숨 고르기를 한다. 긴 곡선으로 이동하던 태양이 수직으로 내려앉을 태세다. 하루의 갈무리가 시작되는 시간, 공산성에 오른다. 근처의 무령왕릉은 몇 번 다녀왔지만, 산성 길은 초행이다.

계획된 일정이 아니었다. 엄마와 함께 무작정 나선 드라이브가 공주 나들이로 이어졌다. 짬짬이 보내는 이런 시간을 엄마는 무척 좋아하신다.

여행을 즐겨 다니면서도 엄마를 모시고 간 적은 드물었다. 최근에서야 가끔 짧은 여행을 하거나, 틈틈이 카페나 맛집 투어를 하고 있다. 여행지에서 엄마의 해사한 얼굴을 마주할 때면 뿌듯하고도 아릿한 감정이 교차하곤 한다.

갑사에 들러 공산성 근처까지 왔다. 남편이 현지인에게 추천을 받았다는 음식점으로 들어갔다. 삼겹살에 소주를 좋아하는 사위의 술잔이 빌세라 엄마의 손이 바쁘다. 긴 술자리를 반기지 않는 나를 아는 남편이 그럴싸한 제안을 했다. 어머니와 천천히 데이트할 테니, 내게 공산성에 갔다 오라고 권했다. 한낮에 들렀던 카페에서 내 눈길에 담긴 아쉬움을 읽은 듯했다. 넓은 유리창 너머로 보이는 공산성의 위엄에 잠시 도취되었었다. 만약 도보가 불편한 엄마가 동행하시지 않았다면, 태양의 광휘에 우뚝한 누각과 성벽의 유혹을 뿌리치지 않았을 터이다. 사려 깊은 남편의 권유에 짐짓 못 이기는 척 일어났다.

지그재그로 난 곡선 길을 따라 단숨에 금서루錦西樓까지 올라왔다. 황금빛 햇살이 비치는 성벽이 예스러움을 더한다. 문루를 사이에 두고 능선처럼 이어진 성곽이 방문객을 매료시킨다.

《가림성 사랑나무》에서 읽었던 이곳의 슬픈 역사를 떠올려 본다. 백제 유민들의 여망과 한이 서려 있는 아름다운 산성이라고 했던가? 책을 읽을 당시엔 '아름답다'는 형용사와 산성의 조응을 부족한 내 상상력이 따라가지 못했었다.

높낮이를 반복하며 포물선처럼 이어지는 성곽이 춤사위를 연상시켰다. 추상적이었던 아름다움의 실체가 수려한 곡선미로 선명하게 펼쳐진다. 처연한 백제 유민의 한을 품은 채, 묵묵히 흐르는 금강과 어우러진 풍경은 자못 황홀하기까지 하다.

평탄한 '왕궁 부속 건물지'에서는 야간 행사 준비가 한창이다.

'별빛 마실'이란 글귀가 눈길을 끈다. 백제역사유적지구에서 열리는 '세계유산축전'이라고 한다.

성곽 길을 걷다 보니 문득 우리의 삶도 성을 쌓아가는 여정이라는 생각이 든다. 각각의 고유한 재질과 색채로 자신만의 성을 짓는 행로이다. 나날의 행적으로 빚어지는 시간의 벽돌이 하나씩 쌓이는 성벽은 형태도 빛깔도 제각각이다. 기초부터 탄탄히 쌓아 올린 견고한 성이 있는가 하면, 애써 쌓은 성벽이 허물어져 주춧돌을 다시 놓아야 하는 상황도 생긴다. 고아한 정취를 풍기는 고성古城도 있고, 모진 세월의 풍파를 여실히 드러낸 애처로운 성도 있다.

여든한 해를 넘은 내 어머니의 성은 투박하다. 변변한 것 없이 맨손으로 다져 온 내곽內廓이 허술하기만 하다. 배움의 기회를 얻지 못해 서툴게 쌓아 올린 성이다. 부실한 재료로 지어진 엉성한 성벽이 시간의 부조扶助로 단단해진 양상이다. 욕심이란 빛깔마저 보이지 않아 초라하다.

고단한 도시 노동자의 삶으로, 작은 식당 운영으로 쉼 없는 행보였지만, 집안 형편은 제자리걸음이었다. 검약한 생활이 경제적 안정으로 이어지지 않았다. 엄마는 심성이 여린 분이다. 모질지 못한 엄마가 겪는 안타까운 모습은 그림자처럼 나를 따라다녔다.

육체노동으로 채워지는 엄마의 주머니는 늘 가벼웠다. 들어가기가 바쁘게 빠져나갔다. 목돈이 생길 때면 여지없이 나갈 곳이 생기곤 했다. 밑 빠진 독처럼 아버지와 자식들에게 흘러 들어갔다. 엄마의 깊은 한숨은 종종 내 가슴을 짓눌렀고, 해결사는 언제나 남편이었다. 그에 대한 고마움과 미안한 마음은 때로 엄마에게 아픈 화살로 날아가기도 했으리라.

엄마의 삶이 여유를 갖기까지 너무 오랜 세월이 흘렀다. 노모의 성을 돌아보니 위태롭게 박혔던 시간의 흔적들이 아프게 다가온다. 이 성벽을 훑고 가다 보면 모퉁이 어딘가에 곱게 들어앉은 돌 몇 개쯤은 만날 수 있을까? 엄마에게도 청춘의 절정으로 빛나던 한때가 있었으리라.

황혼 녘, 낙조가 드리운 금강에 애수의 분위기가 더해진다. 곧 행사가 시작될 모양이다. 공연을 위해 연습을 하는 악단의 연주를 들으며 산성을 내려왔다.

두 사람의 데이트보다 내 산책길의 시간이 길었나 보다. 식사를 마치고 기다리는 엄마와 남편과 함께 근처 공원에 앉았다. 맏사위로 장모의 큰아들 역할까지 자처하는 남편이 아이처럼 재롱을 피운다. 아재 개그를 남발하는 사위 앞에서 엄마가 박장대소를 하신다. 시원하게 터지는 폭소가 한여름 분수처럼 퍼져 나간다. 추임새를 넣으며 맞장구를 치시는 모습이 환하다. 잔즐잔즐 잦아드는 웃음이 성벽 빈틈으로 흘러든다. 한숨이 드나들던 흔적이 옅어진다. 작고 낮은 성이 견고하게 다져진다. 엄마의 소박한 성이 고운 빛을 띨 수 있기를 소망해 본다.

[2023. 8.]

고결한 순간들

—영화 〈타이타닉Titanic〉

오랜 세월이 흘러도 진한 감동이 사라지지 않는 영화가 있다. 밤하늘 별빛처럼 내 기억의 창공에서 영롱한 빛을 발하는 영화 《타이타닉》도 그중 하나이다. 2년 전에 재개봉했는데, 나는 90년 대에 처음 관람했을 당시에, 각인된 명장면들이 때때로 떠오르곤 한다.

'제임스 캐머런' 감독이 각본까지 쓴 이 영화는 1912년에 침몰한 '타이타닉호'를 모티브로 한 작품이다.

초호화 대형 유람선인 이 배는 절대 가라앉지 않는 불침선不沈 船이라는 말이 무색하게 처녀 항해가 마지막 항해가 되고 말았다. 영국에서 출발해서 미국으로 가던 선박이 북대서양 한가운데에 서 침몰한 것이다.

영화 《타이타닉》은 거대한 빙산과 충돌한 배가 바닷속으로 가라앉기까지 2시간 40분 동안의 서사가 스펙터클하게 펼쳐진다. 망망대해 위 생사의 갈림길에 선 이들의 다양한 인간 군상에서 내 삶의 지향점을 확인했던 영화이기도 하다.

서른 중반에 처음 이 영화를 보았을 땐, 매력적인 두 주인공 '로즈(케이트 윈슬렛)'와 '잭(레오나르도 디카프리오)'의 아름다운 러브스토리에 매료되었다. 가난하지만 자유롭고 풍요로운 영혼을 지닌 잭과 쇠락한 상류층 집안의 로즈가 사회적 신분과 규범의 장벽을 넘어, 진정한 사랑과 행복의 가치를 보여주는 모습에 빠져들었다.

이 영화를 떠올릴 때면 제일 먼저 생각나는 장면은, 배 난간에 올라선 두 주인공이 비상하는 새처럼 순간의 자유와 행복을 만끽하는 광경이다. 황홀한 노을빛 속에서 피어난 꽃처럼 대서양을 곱게 물들인 풍경이 관객을 압도했다. 그런데 나이 들면서 아름다운 청춘 남녀 주인공과 함께 더욱 선명하게 기억되는 장면들이 있다. 바로 죽음의 문턱에서 초연히 이타적인 행동을 보여주었던 이들의 모습이다. 품위 있게 생애 마지막 장을 닫았던 이들이 인상 깊게 남아있다.

유람선이 서서히 가라앉기 시작할 때, 생존을 위한 사람들의 몸부림은 필사적이었다. '죽음'이라는 절대적 현실 앞에서 살아남기 위한 아귀다툼이 처연했다. 그런 가운데에서도 부족한 구명보트 자리를 양보하며 고결하게 품위를 지키는 사람들이 있었다.

상류층 신분이 아니라, 구명보트를 함께 탈 수 없는 잭은 마지막 남은 구명보트에 로즈를 옮겨 타게 한다. 하지만 죽음을 무릅쓰고 사랑하는 연인 곁에 남으려는 로즈의 의지를 꺾지 못한다. 빙산 조각이 떠다니는 찬 바닷속에서 얼음처럼 몸이 굳어가는 상황에서도 로즈에게 삶의 의지와 희망을 전해 주던 잭의 모습은 가슴 절절한 감동이었다.

삶의 희망이 모두 사라진 순간, 꿈의 배였던 유람선은 아수라장이 되고 만다. 하지만 체념 속에서도 품위를 잃지 않는 이들은 각자의 방식으로 삶의 마지막 문장을 써 내려갔다.

차분하게 서로를 마주하고 생애 마지막 순간을 기다리는 노부부, 책임을 통감하며 제 자리에서 조용히 최후를 준비하는 선장과 선박 설계자, 평온한 일상처럼 어린 자녀들을 재우는 여인의 모습 등 모두 가슴이 먹먹해지는 장면들이었다. 그중에서도 내게 가장 큰 울림을 준 장면은 마지막까지 연주를 멈추지 않았던 악단의 모습이다.

선원들의 외침과 비명, 무너져 가는 선체의 소란 속에서도 그들은 현악기의 선율을 이어갔다. 죽음의 그늘이 가까워지는 순간까지 사명을 완수하듯 묵묵히 연주했다. 점점 침몰하는 배 안에 '찬송가 Nearer My God to thee(내 주께 더 가까이)'가 울려 퍼지자, 절망과 두려움만으로 가득 찬 바다 위에 위안과 평온한 기류가 흐른다. 혼돈의 소용돌이 속에서 흘러나오는 선율은 단순한 연주가 아니었다. 그것은 모두를 위한 위로이자 아름답고 숭고한 기도였다.

시시각각 다가오는 죽음 앞에서 초연히 본분을 다하는 그들의 모습은 밤하늘 별꽃처럼 푸르게 빛났다.

죽음은 삶의 마지막 장을 완성하는 순간이라고 한다. 어쩌면 인간의 가장 본질적인 모습이 드러나는 순간이 죽음의 문턱이 아닐까 싶다. 지상과 영원히 작별하는 순간 의지와 상관없이 원초적 본능이 내 행위를 지배할지도 모르겠다. 그 행위는 삶의 여정 중에 쌓인 가치관에 의해 표출되기도 하리라. 지상에서의 마지막 순간, 내 삶의 마지막 장이 아름답게 마무리될 수 있기를 감히 소망해 본다.

[2025. 8.]

재래시장에서

나는 좀 아둔한 편이다. 옛 어른들의 비유법으로 '여우 같은 여자와 곰 같은 여자'로 여성의 성향을 분류한다면, 나는 결코 눈치 빠른 여우들 무리에 끼지 못할 것이다.

친정어머니에게 장을 보는 일은, 물건 사는 것 이상의 의미가 있다는 사실을 뒤늦게 알아챘다. 엄마의 화법은 대부분 반어법이다. 다니러 간다고 미리 말씀드리면 '바쁜데 뭐 하러 오니?' 하면서도 반기는 마음을 감추지 못하신다. 무심한 나는 자식을 배려하는 마음 이면에 소소한 엄마의 바람을 간과할 때가 있다. 대화 중에 뒤늦게 보이지 않는 속마음을 읽곤 한다.

어머니는 올해 초에 삶의 터전을 옮기셨다. 복잡한 도심을 벗어나 남동생 집과 가까운 한적한 동네로 이사하셨다. 동생 부부와 내가 필요한 물건을 사다 드린다. 그동안 내가 엄마에게 다녀오는 기준은 효율적인 시간 활용이었다. 출발하기 전에 전화로

필요한 물품을 확인한 후, 가는 길에 사다 드렸다. 시간이 좀 여유로울 땐 엄마를 모시고 다녀오기도 하지만 주로 대형 마트를 이용하는 편이었다.

어느 날 엄마가 통화 중에 남동생과 치과에 다녀온 말씀을 하셨다. 순간 아차! 했다. '치과와 재래시장'에 대한 얘기를 몇 차례 들었던 기억이 떠올랐기 때문이다. 막내아들과 함께 다녀오신 병원이 큰 재래시장 입구에 있다는 것인데, 말씀의 방향은 병원이 아닌 '재래시장'이었다는 것을 미처 생각하지 못했다.

오늘은 엄마와 함께 재래시장에 갔다. 느슨한 시장 안 풍경이 여유로워 보인다. 잘 닦인 고속도로를 벗어나 시골길을 걷는 느낌이다. 팔순이 가까운 엄마의 시선에 눈높이를 맞춰 보았다. 수수하고 푸근한 인상을 지닌 시골 아낙을 마주한 듯 마음이 편안해진다. 어머니의 표정도 달라 보이신다. 마트에서 물건을 고를 때와는 사뭇 다른 분위기이다. 마트에서는 누군가와 말을 섞을 필요가 없다. 그저 필요한 상품을 골라 담고 눈치껏 짧은 줄을 선택해서 물건값을 치를 순서를 기다린다. 계산할 때도 마찬가지이다. 뒷사람을 의식한 민첩한 손놀림과 달리 입은 다물고 있게 된다.

3월 초순의 시장은 봄 내음이 가득하다. 좌판에 즐비한 플라스틱 바구니에 여러 가지 봄나물들이 아기자기하게 담겨 있다. 가격을 묻는 엄마 목소리에도 생기가 묻어 나온다. '달래가 맛있겠네요.' 하는 엄마의 한마디에 아주머니의 대답이 길게 이어진다. 노지에서 자라서 맛도 영양도 그만이라면서 식욕을 돋우는 다양한 레시피까지 알려준다. 신선한 냉장고 안에 말끔하게 진열된, 키가 웃자란 달래와는 달라 보인다. 구슬처럼 둥근 크고 작은 알들이 하얀 잔뿌리를 매달고 있다. 알알이 자유로운 모습이 옹골차 보인다.

새우젓을 사려고 들어간 가게에는 주인이 자리를 비웠다. 돌아서 나오려는데 옆 가게 상인이 와서 계산을 도와준다. 주인이 안계시냐고 물으니, 여기는 모두가 주인이나 마찬가지란다. 누군가 자리를 비우면 이웃한 점포에서 서로 가게를 봐준다고 한다. 새우젓을 받아 들고나오는데, 엄마의 짧은 독백이 나를 흔든다.

"사람이 사는 맛이 바로 이런 거지."

순간 코끝이 시큰했다. 마치 밀폐된 공간에 갇혀있던 공기가 세상 밖으로 나오는 환호성처럼 들렸다.

엄마는 수십 년 하던 일을 정리하고 수원에서 혼자 지내셨다. 코로나19는 작은 아파트에 고립된 노모의 외로움을 배가시켰다. 안부 전화를 드리며 뭐 하시냐고 여쭈면 TV와 대화 나눈다고 농담하곤 하셨다.

어머니는 여덟 살에 가족들과 함께 피난민 신분으로 남쪽에 정착하셨다. 시대의 비극을 겪고 난 후, 이어지는 인생 여정이 녹록지 않으셨다. 엄마의 굴곡진 삶에 깊은 연민을 느끼면서도, 고통의 무게를 덜어낼 수 있는 공감적 표현에 나는 인색했다. 때로는 어머니의 회한을 듣는 것이 불편했다. 지난 시간 속에서 외롭고 고단했던 어머니의 자아상을 대면하는 시간을 피하고 싶었다.

지천명을 넘어서던 어느 한때, 불가역적인 한계와 맞닥뜨렸던 순간이 내게 있었다. 아연하고 알알한 그 순간 가냘픈 실루엣 하나가 눈앞에 아른거렸다. 여린 심성과 작은 체구로 홀로 비탈진 골목길을 걷는 모습이 그지없이 고독해 보였다. 오십을 훨씬 넘어 삶의 그늘에 들어서서야, 지금 내 나이보다도 훨씬 어렸던 젊은 시절 어머니의 삶의 무게를 실감했다.

고통을 감지하는 우리의 세포는 고통의 경계선 안과 밖의 체감도가 다르다. 밝은 곳에 서 있을 땐 어둠 속이 잘 보이지 않았다. 어두운 곳에 들어선 후에야 그 안에 있는 실체가 조금씩 보이기 시작했다. 갑자기 엄마 목소리가 듣고 싶었다. 전화 너머로 들리는 한결같은 음성이 연민과 설움의 감정을 뒤섞어 놓았다. 애써 삼켰던 언어가 뜨거워진 목울대를 통과하고 말았다.

"엄마는 어떻게 그 어려운 시기를 혼자 건너오셨어요?"

큰 불효였다. 무슨 일 있느냐고 걱정하는 엄마를 안심시켜 드리려고 애를 썼지만, 어머니의 상심은 밤새 이어졌으리라.

시장 어디에선가 향수를 자극하는 고소한 냄새가 풍겨왔다. 노릇노릇한 찹쌀호떡을 보니 옛 생각이 떠올랐다. 뜨거운 호떡을 하나씩 들고 차로 돌아왔다. 꿀물이 떨어지는 호떡을 먹으며 함께 옛 기억을 소환했다. 추운 겨울밤 골목 어귀에서 사 온 호떡 한 봉지만으로도 방 안에 웃음꽃이 만발했던 시절이 있었다.

돌아다닌 시간에 비해 장바구니가 가볍다. '겨우 이걸 사려고 시장에 오셨냐.'라는 핀잔 아닌 핀잔에 어머니는 이것만으로도 충분하시단다. 딸과 함께 추억을 나누며 맛보신 호떡 하나로 포만감을 표하신다. 어머니는 장바구니 대신 마음을 채우셨나 보다. 때때로 우리에게 필요한 것은 눈에 보이지 않는 곳에 있는 듯하다. 등잔 밑처럼 너무 가까운 곳에 있는 건 마음의 눈으로 봐야 할 때가 있다.

[2020. 3.]

여름이 되기로 했다

　　며칠 동안 잡다한 일로 컴퓨터 앞에 앉지 못했다. 밀린 숙제가 많은데 분주한 마음과 달리 능률이 오르지 않는다. 머릿속에 떠도는 단어들이 질서정연하게 내려앉기를 거부한다. 계속되는 폭염도 더딘 진도에 힘을 보탠다. 시원한 바람 한 점 들일 생각으로 시집을 펼쳤다. 갇혀있던 활자가 미풍으로 불어온다.

　　일하고 사랑하고 인내하고 용서하며

　　해 아래 피어나는 삶의 기쁨 속에

　　여름을 더욱 사랑하며

　　내가 여름이 되기로 했습니다

-이해인 〈여름 단상〉 부분

땡볕에 알알이 영그는 자연 생명체를 떠올린다. 열정적인 여름 없이 가을을 기다리는 건 염치없다. 주춤거리지 말고 주어진 시간을 십분 활용하리라 마음을 다잡는다.

오늘은 우선 미안함을 덜어내는 데 쓰기로 했다. 어쭙잖게 글을 쓴다는 구실로 배우자를 종종 외롭게 했다. 아침부터 내 눈치를 살피는 남편에게 하루 일정을 온전히 맡겼다. 그가 제안한 목적지는 경기도 양평이다.

정점을 향해 치닫는 여름 하늘이 파랗게 투명하다. 영원히 질리지 않는 하얀 뭉게구름의 유희가 예술이다. 고속도로를 벗어난 차가 팔당 대교를 건넌다. 오늘 코스 중 두물머리, 마재성지, 다산 정약용 기념관 등은 몇 차례 다녀왔는데, 주변 경관이 아름답다는 '수종사'는 처음 가는 곳이다.

점심을 먹기 위해 들른 음식점 입구에서 정겨운 풍경을 마주했다. 출입문 밖 천장에 제비가 집을 지어 놓았다. 볼처럼 둥근 조명등 윗부분에 들어앉은 황토색 둥지가 이색적인 조화를 자아낸다. 새끼 제비 세 마리가 머리를 내밀고 앉아 있다. 반가운 마음에 핸드폰으로 동영상 촬영을 했다. 그때였다. 어디선가 또 다른 제비가 날아들었다. 새끼 제비 입에 먹이를 넣어주고 재빠르게 날아간다. 어린 제비들 먹이를 물어오느라 어미 새가 바쁘게 들락거린다. 작열하는 태양 아래에서 어미 제비의 여름이 한창이다.

뜨거운 햇살에 맞서며 세미원에 들어섰다. '연꽃 문화제' 기간
이다. 메타세쿼이아 나무들이 그늘을 드리운 돌다리를 건너 연꽃
이 만발한 백련지로 들어섰다. 넓은 초록 잎이 미풍에 하늘거린
다. 초록 물결 사이로 불쑥불쑥 고개를 내민 하얀 꽃송이가 해사
하다. 주먹처럼 올라온 꽃봉오리에서부터 꽃잎이 떨어진 모습까
지 다양한 자태가 고고하다. 겹겹의 꽃잎을 떨군 줄기 끝엔 연초
록 연밥이 깨알처럼 거뭇한 씨앗을 품기 시작했다. 대문을 열어
놓은 듯 활짝 핀 꽃 속에서 노란 수술 사이를 누비는 꿀벌 한 마
리가 보인다. 우윳빛 청초한 꽃송이에 얼굴을 가까이 대본다. 맑
고 은은한 향기가 후욱 내 안에 들어왔다. 이렇듯 고요하고 강렬
한 열정이라니….

　부드럽고 잔잔한 감흥을 뒤로하고 마재성지로 향했다. 유년 시
절을 보냈던 시골 할머니 집 같은 한옥이 편안한 마음을 갖게 한
다. 이곳은 성가정 성지이다. 복자 정약종 아우구스티노와 성녀
유선임 체칠리아, 성 정하상 바오로 등 순교자 가정의 신앙 모범
을 기념하는 곳이라고 한다. 여름 한낮 무성한 신록에 둘러싸인
성지가 고즈넉하다. 성모상 아래에서 촛불 봉헌을 하고 두 손을
모은다. 고요한 성당에 앉아 있는 동안 잠시 더위를 잊었다. 묵상
중에 몇 년 전에 돌아가신 아버님 모습이 자꾸 떠올랐다.

　아버님은 유교 사상을 삶의 근본적인 가치 기준으로 실천하며

평생을 사신 분이다. 다산 정약용의 후손임을 자랑스럽게 여기시면서도 정하상 바오로 성인의 삶에는 관심을 보이지 않으셨던 분이다. 시부모님과 함께 서울에서 혼인 생활을 시작했던 우리 부부는 회사원이었던 남편의 청주 발령을 계기로 분가하고 세례를 받았다. 그런데 종교에 대해 탐탁지 않게 여기시는 부모님께 말씀드리지 않았다.

한동안 부모님이 집에 오실 때면 십자고상과 성모상을 감추곤 했다. 일찍 눈치를 채신 어머님께서는, 아버지가 싫어하시니 성당은 나중에 다니라고 조용히 이르셨다. 신앙생활이 공공연한 비밀이 되었던 어느 해 여름, 집에서 마련한 생신상을 받으신 어머님이 내게 뜻밖의 말씀을 하셨다.

"나는 느그 아부지 돌아가신 후에 성당에 나갈 생각이었는디, 우리 아들 며느리가 이쁘게 산께, 아버지 눈치 보지 말고 나도 그냥 성당에 나가끄나?"

마치 당신의 앞날을 예견하신 듯 솔직한 의중을 힌트로 남기신 이틀 후에 어머님은 세상을 떠나셨다. 갑작스러운 교통사고 소식을 듣고 달려가, 본당 수녀님의 도움을 받아 병원에서 대세를 드렸다.

아버님 또한 돌아가시기 몇 해 전 대세를 받으셨다. 유교적 가치관으로 문중을 두루 챙기시던 분이 자식들의 입교 권유에 "다

늙은 사람이 뭐하러 성당에 가느냐. 집에서 기도하면 되지."라고 점잖게 당신 속내를 드러내셨다.

현모양처이셨던 어머님과 올곧고 자상한 모습으로 내가 가장 존경하는 어른으로 남으신 아버님의 삶도 녹록지 않은 여름이 순환했다. 시대의 가치관에 따라 인내하고 순응하는 치열하고 알찬 여름이었으리라.

굽이굽이 가파른 산길을 올라가 주차장에 차를 세웠다. 나뭇잎 사이로 가는 빗방울이 떨어지기 시작한다. 400여 미터를 걸어 경내에 들어섰다. 굵은 빗줄기의 소나기가 한차례 지나갔다. '수종사'는 바위굴에서 떨어지는 물소리가 종소리처럼 들려서 지어진 이름이라는 설화가 전해진다.

세조의 하사품이라는 오백 년 넘은 은행나무 아래 앉아 숨을 고른다. 북한강과 남한강이 하나로 어우러지는 풍광이 한눈에 들어온다. 유구한 강물이 유유히 흐른다. 무수한 여름이 흐르고 있다.

[2025. 7.]

2. 바닥짐

가을 서정

아침 안개가 서서히 걷히고 있다. 갓 내린 커피 향과 어우러진 창밖 정경이 마음을 차분하게 한다. 나날이 성글어가는 들녘이 비움의 사유 속으로 이끈다.

마름달 아침 풍경 속에서 문득 '할머니'라는 명사를 떠올린다. 가을걷이를 끝낸 들녘은 어딘지 내 유년 시절 할머니의 모습과 닮아있다. 자식들을 위해 아낌없이 받아주고 내어주는 헌신적인 사랑, 흩어진 이삭을 주워 담듯 손자들을 보듬으셨던 까슬까슬하고 보드라운 황톳빛 따듯함….

몇 달 전에 나도 할머니란 호칭을 얻었다. 시어머니가 어울리지 않는다는 지인들의 농담에 '시언니'라는 응수로 어색함을 덜곤 했는데, 익숙해져야 할 명칭이 하나 더 늘었다.

지난 추석엔 처음으로 손자와 하룻밤을 보냈다. 추석이 다가올 무렵, 며느리가 가족들과 함께 음식을 만들며 한가위를 보내고 싶다고 말했다. 어린 아기도 있고 집도 가까우니 명절 아침에 일찍 오라고 했더니, 집에서 하룻밤 자고 싶다는 것이다. 혼인한 자식과 부모와의 관계에 대해 요즘 젊은 세대의 일반적인 사고와 문화를 주워들은 얘기가 많은데, 며느리의 마음 씀씀이가 대견하고 고마웠다.

이제 막 6개월에 접어든 손자 웅이는 낯을 조금씩 가리기 시작했다. 밤이 되자 잠자리가 신경 쓰였다. 하룻밤이지만 유아용 짐이 제법 많았다. 혼인하기 전까지 아들이 쓰던 방은 세 식구 잠자리로 비좁았다. 안방을 내주려는데 아들 내외가 극구 사양했다. 육아 때문에 밤잠을 설칠 때도 있다는 얘기를 들은 터라, 손자를 내가 데리고 자기로 했다. 은근히 손자를 봐주었으면 하는 눈치를 보이기도 했던 며느리가 흔쾌히 웅이를 내게 안겼다.

잠시 도리질을 치며 얼굴을 내 가슴에 비비던 웅이가 스르르 잠이 들었다. 조심스레 아기와 함께 누워 토닥였다. 쌔근쌔근 들리는 숨소리가 감미롭고 싱그럽게 귓가를 간질였다. 짙푸른 밤하늘에 빛나는 별의 노래가 이러할까! 마음을 맑히는 숨결이 내 안에 잔잔한 파문을 일으켰다. 익숙하고도 생경한 느낌이 묘한 감흥을 준다. 기억의 책장은 어느새 삼십사 년 전 한 페이지를 펼쳐놓았다. 소환된 추억에 밀려 잠은 이미 달아나 버렸다. 아득한 시간의 갈피를 들추었다. 생명의 신비로움에 가슴 뛰었던 순간을 다시 음미하는 시간과 맞바꾼 숙면이 전혀 아깝지 않았다.

꼼지락꼼지락 움직이던 아이의 발이 내 옆구리를 간지럽혔다. 발놀림이 유난히 활발한 아이는 태아 때부터 거센 발길질로 제 엄마를 종종 놀라게 하곤 했다. "어머님, 주무시다 보면 웅이가 거꾸로 누워있을지도 몰라요."라고 했던 며느리의 말이 떠올라 웃음이 나왔다. 연신 발길질하며 움직이는 모습이 90°로 회전을 할 태세였다. 왠지 건강한 기운이 쑥쑥 자라나는 모양을 보는 것 같아 흐뭇했다. 그지없이 사랑스러웠다.

창문을 기웃거리는 박명이 느껴졌다. 웅이는 두 번 깼다가, 내 품에서 다시 잠이 들었다. 손자와 보낸 첫 밤, 행복한 피로감의 여운이 색다른 새벽을 맞게 했다.

이젠 내 할머니의 모습은 얼굴보다는 체취와 온기로 더 선명하게 다가온다. 훗날 우리 웅이의 기억 속에서 나는 어떤 모습으로 남게 될까.

[2024. 11.]

바닥짐

'바닥짐'이라는 말이 있다고 한다. 오래전부터 바다를 항해하던 배들이 짐을 실을 때 배의 맨 밑바닥, 즉 선복船腹에 싣는 짐을 일컫는다. 선체의 중심인 배 바닥이 무거워야 배가 회전하거나 풍랑에 기울다가도 곧 복원력을 갖기 때문이라고 한다. 그래서 오늘날에도 빈 배로 출항할 때는 선박 평형수(ballast water)를 싣는다고 한다.

며칠 전 어느 후배가 건넨 말 한마디가 가슴에 스며들지 않고 뇌리를 맴돌았다. 마치 눈에 잘 보이지는 않는, 손에 박힌 작은 가시처럼 신경 쓰였다. 그의 말속에 담겨 있는 의미는 분명 내 가족을 위한 배려이고 관심이라는 것을 잘 알면서도, 체화되지 못한 언어의 파장은 잠시 나를 미묘한 감정에 휩싸이게 했다. 어쩌면 우리 부부가 친동생처럼 가깝게 여기는 후배이기에 더욱 마음이 불편했을지도 모를 일이다.

자존심에 작은 멍이 든 상처를 회복해 보리라고 벼르던 소심한 내 보복의 화살은 애매한 남편에게 날아갔다. 후배와의 관계성을 의식해 농담으로 받아넘기며 의연하게 싸놓았던 언어의 파편들이 그만 풀어져 버렸다. 두서없는 사설은 휘두르기 좋은 무기가 되어 목적도 없이 날아다녔다. 하지만 긍정적인 성품을 타고난 남편이 아끼는 후배에 대한 나의 부정적인 언사에 동조할 리 만무하다. 과녁을 향해 날아가던 화살은 목표물에 닿기도 전에 힘없이 떨어지고 만다. 뒤이어 능숙하게 흩어진 잔해를 치우듯이 남편의 훈수가 이어진다.

"이왕이면 긍정적으로 받아들이고 자신에게 이로운 쪽으로 생각해야지 왜 스스로를 학대하는 거야."

가벼운 책망을 담은 안타까운 시선이 내게로 돌아왔다.

늘 그렇듯이 성인군자 같은 남편의 일침은 의기소침해 있는 나를 더욱 초라하게 만들었다. 그의 말이 틀리지 않고 합리적이라는 것을 알면서도, 언제나 조건 없이 내 편이어야 할 배우자에게 외면당한 여심女心은 공연한 외로움을 느꼈다. 옹졸한 마음은 벌써 궤도를 이탈해 엇나가고 있었다. 무르고 여린 여자 마음을 섬세하게 봐주지 못하는 남편의 태도가 못내 섭섭하기만 했다.

당사자가 있는 것도 아닌데 거짓이라도 좋으니, 풀죽은 아이 응원해주듯이 한 번쯤 내 얘기에 맞장구쳐주면 좋을 텐데…. 융

통성 없는 남편의 태도가 야속하기까지 했다. 우스갯소리로 남편을 '남의 편'이라고 하던가? 누군가를 비난하는 소리엔 결코 귀를 열지 않는 사람이라는 것을 알기에, 바닥짐이 가벼운 내 멘탈(mental)의 배는 또다시 파도에 흔들렸다. 그 후배에게 실망한 몫까지 더해 남편에게 서운함과 원망을 쏟아붓고는 비어 있는 아이 방으로 들어가 시위하듯 고립을 자처했다. 그런데 공교롭게도 다음날은 가톨릭 한 단체에서 우리 부부가 진행해야 하는 행사가 있는 날이다. 행복한 결혼생활을 위해 현명한 부부 대화를 지향하는 부부 모임이다. 전날의 여파가 남긴 부스러기들로 정돈이 덜 된 마음 밭이 부담스러웠다. 불편한 심기를 감춘 채 태연하게 사회를 볼 자신이 없었다. 궁리 중에 마침 적당한 시 한 편이 떠올라 남편에게 들려주었다.

남편을 쓰랬더니
또박또박
나편이라고
바르게 틀렸다

남편을 써 보라니까요
다시 말해도

어떻게 영감님을 남의 편이냐고 하냐며

그건 잘못된 말이라고

끝까지 나편이란다

- 이대흠, 시 <남편과 나편>부분

읊어주는 시를 들으며 조용히 미소 짓는 남편에게 물었다.

"충분한 사과가 되었나요?"

그런데 남편의 뜻밖의 응수에 나는 그만 폭소를 터뜨리고 말았다.

"사과가 아니라 배가 되었습니다."

순간 바닥짐이 가벼운 나의 배는 또다시 유쾌하게 흔들리고 있었다. 세월의 흐름 따라 나이가 드는 것처럼 수양이 저절로 쌓이는 건 아닐 텐데, 때때로 흔들리는 내 가벼운 배는 언제쯤이면 제대로 된 적당한 짐을 실을 수 있을는지….

사람의 마음에도 적당한 바닥짐은 필요할 것이다. 급변하는 세파 속에서 다양한 가치관을 지닌 사람들과 발맞추어 살아가다 보면, 같은 상황에서도 서로 다른 관점으로 상충하게 되는 경우가 있다. 마음의 바닥짐이 부족한 나는 간혹 사람들과의 관계 속에서 부딪혀 흔들리게 되면, 강풍을 만난 배처럼 요동치는 마음이 제자리를 찾아 돌아오는 데 시간이 걸리곤 한다. 내면의 바닥짐이 가벼운 탓이다.

　바닥짐을 견고하게 하기 위한 노력을 게을리하지 않아야겠다. 보다 넓은 아량으로 혹 설익은 말도 받아 담아 익혀낼 줄 아는 성숙한 사람이 될 수 있도록. 내 사고思考의 사각지대를 인정하는 지혜도 필요하다. 그 옛날 배에 실을 바닥짐이 없을 때는 모래나 자갈을 실어 안전한 항해를 했다는 선인들의 지혜를 되새겨 볼 일이다.

　'소금처럼 짠 쓰라린 말도 지긋하게 어루만지면 정금이 될 수 있다.'라는 어느 시인의 말을 내 가벼운 내면의 밑바닥에 담아 본다.

[2016. 5.]

창

막연하다. 문학회 동인지 특집 글을 써야 하는데 머릿속이 백지장이다. 주제가 '연초제조창과 노동자의 이야기'이다. 임원진은 열성적인 기획과 실행으로 회원들을 도와주었다. 탐방을 비롯한 특강 자리를 마련하고 영상 자료를 공유했다. 시간을 맞출 수 없었던 나는 풍성한 제재를 접할 기회를 다 놓치고 뒤늦게 마음만 급해졌다. 나머지 공부라도 할 요량으로 인터넷을 열었다. 연초제조창이 있던 자리에 미술관도 들어섰다니 좋은 이웃이 생긴 것 같은 느낌이다. 국내에 있는 '국립현대미술관' 세 곳 중 하나가 가까운 거리에 있다니 더욱 반가웠다.

미술관은 코로나19 방역 수칙으로 인해 입장 인원을 제한하고 있었다. 관람료는 무료이고 예약제로 운영하고 했다. 마침, 다음 날 마지막 타임에 입장 가능한 티켓이 1장 남아있어 바로 예약했다.

담배를 생산하고 관리하던 장소가 새로운 창窓이 되었다. 옛것을 보존하면서 새로이 창을 내고 커뮤니티 공간을 제공하고 있다. 국립현대미술관으로 탈바꿈한 이곳은 담배를 제품화하던 공장이 자리했던 곳이란다. 수장고를 겸한 미술관은 1층부터 5층까지 관람이 가능한 전시실이다. 1층에는 현대미술 작가들의 조각 작품이 전시되어 있었다. 전시실에 들어서자마자 사라진 연초제조창의 흔적을 가늠해 볼 수 있는 작품이 먼저 눈에 들어왔다.

'회색 숨'이란 제목이 절묘하게 어울렸다. 근현대의 산업과 인간의 삶을 함축적으로 표현한 작품이었다. 과거와 현대를 포개어 놓은 듯한 작품에서 강한 메시지가 느껴졌다.

산업화 역군으로 한 시대를 건너온 당대의 노동자들에게 이곳은 어떤 의미로 남아있을까? 어떤 미래를 꿈꾸며 자신의 삶과 일터를 가꾸어 왔을까? 높은 보수와 안정적인 직장에 대한 자부심 이면에 삶의 애환도 많았으리라. 우주 자연의 원리는 다수의 바람이 기우는 쪽으로 작용한다고 믿고 싶다. 그 시절의 밝고 긍정적인 에너지가 모이고 이어져 오늘 이곳에 새로운 창을 열었으리라. 부지런히 손을 놀리며 내쉬던 날숨들이 우주 어느 곳에 조용히 쌓이고 있었다면, 미래를 향한 밝은 염원들이 오늘의 창을 냈으리라.

미술관은 각층 마다 장르별로 구분해 놓았다. 4층 전시실은 수

장고형 미술 은행이라는 표현에 걸맞게 작품들이 홀 중앙에 책처럼 꽂혀 있다. 감상할 수 있는 작품들은 ㄷ자 형태로 전시되어 있다. 이중섭, 박수근 등 소박한 정서를 담고 있는 근대 화가들의 작품들을 마주하니 반갑다. 잠시 시공간을 잊고 그림 속에 빠져들었다. 어디선가 선선한 바람이 들어와 마음을 헹구고 지나간다.

4층 전시실에서 오래 머물렀다. 작품 속을 노닐다가 뒤늦게 혼자 남은 걸 알았다. 폐관 시간이 가까워지고 있었다. 안내하던 직원에게 인사를 건네고 나오는데, 문득 오래전 여행 중에 만났던 미술관 풍경들이 떠올랐다.

유럽 어느 도시에서나 볼 수 있는 익숙한 풍경 중 하나는 박물관이나 미술관 관람객들이다. 길게 늘어선 줄 속에서도 여유로운 표정으로 입장을 기다리는 사람들을 볼 때면 기다림의 미학을 생각하게 된다. 여행 중 유명 미술관을 관람할 기회가 몇 번 있었다. 명화를 직접 감상하는 감동 못지않은 풍경들이 오랜 여운으로 남아있다.

루브르 박물관에서 만난 어느 노부부, 눈에 띄게 고운 은발의 모습으로 황혼의 데이트를 즐기던 노부부는 가벼운 입맞춤으로 감상 추임새를 더했다. 꼬리를 물고 이어지는 관람객들 사이에서 사랑의 빛을 발산하던 노 커플의 모습이 어느 거장의 작품처럼 아름다워 보였다.

뮌헨의 노이에 피나코텍(Neue Pinakothek) 미술관에 들렀을 때였다. 요행히 붐비지 않아서 여유롭게 관람할 수 있었던 그곳에서 한 가족이 눈에 띄었다. 할머니와 아빠로 보이는 어른들의 손을 잡고 그림을 보던 예쁜 꼬마가 무척 사랑스러워 보였다. 작품을 감상하는 동안 동선이 자주 겹쳐 자연스럽게 눈인사를 나누게 됐다. 대여섯 살로 보이는 귀여운 여자아이는 간간이 하품하면서도 보채는 기색이 없었다. 삼 대가 동네 마실 나오듯 가벼운 차림으로 미술관 나들이를 하는 모습이 부러웠다. 잠시 문화적 열등의식이 살짝 고개를 내밀기도 했지만, 보기 좋은 광경이었다.

우리의 삶의 공간에 창이 없다면 어떻게 될까? 들숨과 날숨이 넘나들고 신선한 공기를 들이는 창, 정서적 공간에도 창문이 필요하다. 반복되는 일상으로 쌓인 내면의 묵은 공기를 내보내고 새로운 기운을 깃들일 수 있는 창이면 좋겠다. 과거와 현재와 미래가 공존하는 창이면 더할 나위 없겠다.

열린 창窓으로 들어선 이곳에서의 하루가 풍요롭다. 오늘 우리의 염원은 훗날 어떤 모습의 창으로 이곳의 역사를 이어 갈까?

[2021. 8.]

푸른 쉼표를 찍으며

계획에 없던 김치를 담그게 됐다. 녹색 채소에 소금을 뿌려두고 마트로 향한다. 밀린 숙제를 제쳐 두고 나서는 초저녁, 살갑게 안기는 미풍이 분주한 마음을 어루만진다. 두서없는 단어로 엉킨 머리가 한눈을 판다. 유예된 여유로움이 잠시 다가온다.

컴퓨터 앞에 앉아 있는 시간이 많아졌다. 저녁 식사도 할 겸 가까운 곳으로 드라이브하자는 남편의 제안에 따라나섰다. 내 일에 몰두하느라 한동안 함께 보내는 시간을 소홀히 여긴 것 같아 미안했다.

녹음이 한창인 대청호 주변을 걸었다. 저녁 식사 시간이 가까워서인지 호수 둘레길이 한산했다. 문의에 들러 식사를 마치고 나오는데, 먼저 나와서 기다리던 남편이 어느 할머니와 흥정하고 있었다. 음식점 앞에 펼쳐놓은 좌판에는 얼갈이배추 두 단과 열무 한 단이 전부이다.

"할머니, 이것만 팔면 바로 집에 들어가시지요?"

"내가 몇천 원 벌자고 나온 것이 아녀. 우리 자식들이 못 하게 하는데, 농약도 안 친 채소라 아까워서 몰래 나왔지."

석양을 등진 노파의 모습이 흙 내음 가득한 밭을 보는 듯했다. 왜소한 체구의 갈색 낯빛에서 푸성귀보다 푸른 자존감이 뿜어져 나왔다. 제초제를 사용하지 않았다는 말씀은 참말인 듯했다. 여린 잎사귀에 애벌레가 남긴 흔적이 많이 보였다. 싱싱한 배추와 달리, 한 단 남은 열무는 흙에서 뽑힌 시간이 제법 지난 듯했다. 물에 젖은 잎이 축축했다. 스며들지 못한 수분이 열기로 인해 물러지고 있었다. 내가 망설일 겨를도 없이 남편이 값을 치르며 작은 소리로 말했다.

"당신이 어차피 사 드릴 거 같아서…."

전에 없던 남편의 모습에 살짝 당황했다. 마치 칭찬을 기대하며 청소를 도와주려다 더 어질러 놓은 아이를 보는 것 같은 느낌이었다. 하지만 유사한 상황에서 그동안 내가 취한 행동을 대신한 것이라니 말없이 그의 뒤를 따랐다.

김치를 담글 마음의 여유가 없었다. 김치가 없는 것도 아니라, 발등의 불을 먼저 *끄자*는 심정으로 척박한 문장의 숲을 파헤치는 요즈음이다. 부족한 필력으로 글을 쓰느라 밀린 원고가 많다. 농번기를 맞은 농부처럼 마음은 바쁜데, 진도는 거북이걸음이다.

마감일 안에 퇴고를 마쳐야 하는 글 몇 편에 매달리느라, 주부 역할에 다소 소홀해졌을지도 모르겠다.

재료들을 다듬어 씻는 동안에도 머릿속은 분주하다. 버려야 할 것과 남겨야 할 문장들이 자리바꿈을 계속한다. 불현듯 떠오른 단어가 사라질까 두려워 얼른 노트에 가두어 놓고 일손을 이어간다.

배를 깎아서 마늘과 생강과 함께 분쇄기에 갈았다. 씻어 놓은 재료들을 썰어서 물기 빠진 열무 위에 얹었다. 식혀둔 풀과 매실청까지 넣고 조심스럽게 버무린다. 적당한 풋내가 주방으로 퍼진다. 알싸하고 풋풋한 향내가 생기롭다. 한입 간을 본다. 아삭한 식감이 입안에 맴돈다. 상큼한 내음에 머릿속까지 개운해진다. 2~3일 숙성을 거친 뒤의 새큼한 맛을 가늠해 본다. 성큼 다가온 무더위에 식욕이 떨어진 깔끄러운 입맛을 더욱 시원하게 달래 줄 것 같다. 김치를 담그는 이 푸릇푸릇한 시간이 내 안에 쉼표를 찍고 있음을 문득 알아차렸다.

[2024. 7.]

침묵의 행간에서

─법정의 〈침묵沈默의 의미意味〉를 읽고

간혀있던 언어가 시간을 뚫고 나왔다. 손이 닿지 않는 책장 구석을 지키던 책을 펼친 순간이었다. 제방을 무너뜨린 물처럼 활자가 넘쳐흘렀다. 오래 묵은 침묵의 블랙홀이 나를 빨아들였다.

빼곡한 책장을 정리하는데, 세월의 흔적이 뚜렷한 책 한 권이 눈에 띄었다. 법정 스님의 《무소유》였다. 1986년 범우문고 증보판이다. 손바닥 크기의 단행본이 누렇게 변색이 되어 있다. 군데군데 밑줄이 그어진 책 뒷장에는 책을 구매한 사람의 정보도 적혀 있다. 책을 구입한 일자 아래 써 놓은 짧은 메모가 내 일손을 멈춰 세운다. '정직 중 수양을 위해…' 익숙한 필체다.

남편은 대학 졸업 후, 샐러리맨으로 사회 첫출발을 했다. 혈기왕성한 20대 후반, 공채 입사 동기들과 불합리한 운영 시스템 개선을 요구하다가 정직 처분을 받았다. 부모님을 모시던 결혼 4년

차의 가장으로서 혼자 감내해야 했을 몫이 적지 않았으리라. 나는 남편의 직장 생활을 헤아리는 데 부족한 배우자였다. 그의 침묵은 내 관심의 사각지대에 있었을 것이다. 문장의 행간에서 그의 침묵 소리가 들리는 것 같아 가슴이 뭉클해진다.

《무소유》는 1976년에 초판 이후, 몇 쇄를 거듭해 출간되었다. 유언처럼 남긴 작가의 요청에 따라 지금은 절판된 책이다. 그래서 더욱 귀하다. 명문장이 닦아 놓은 산책길을 걷다 보면 자주 멈추게 된다. 긴 호흡과 함께 내면을 들여다보게 한다. 글을 읽다 보니, 50여 년 전에 활자화된 작가의 일침이 오늘 우리에게 들려주는 이야기처럼 들린다.

'침묵을 배경 삼지 않는 말은 소음이나 다를 게 없다.' '언어의 극치는 말보다도 침묵에 있을 것 같다.'

오래도록 음미했던 문장이다. 무언에 언어의 극치가 있다는 역설 아닌 역설에 방점을 찍었다.

'때로 우리는 말소리보다 말의 행간에서 상대가 하고자 하는 말이나 의도를 알아차리게 되는 경우가 많다.

말이 없어도 지루하거나 따분하지 않은 그런 사이는 좋은 친구일 것이다. 입 벌려 소리 내지 않더라도 넉넉하고 정결한 뜰을 서로가 넘나들 수 있는 것이다. 소리를 입 밖에 내지 않을 뿐,

구슬처럼 영롱한 말이 침묵 속에서 끊임없이 오고 간다. 그런 경지에는 시간과 공간이 영향을 미칠 수 없다.'

정갈한 붓 터치를 보는 듯한 문장에서 참다운 대화의 의미를 곱씹어 본다. 대화의 본질적인 목적은 어디에 있을까? '평화로움'에 있지 않을까? 지금 이 순간 당신과 내가, 우리가, 평안하고 행복한 시간을 갖고자 하는 데 있는 건 아닐까? 누구라도 싸움을 전제로 의사소통하지 않는다. 마주하고 있는 대상에게, 각자 고유의 가치관과 세계관으로 나를 보여주는 일이다. 현재 내 마음의 상태를 알리는 한편, 미처 드러내지 못한 상대방의 마음을 읽는 것이 대화의 본래 목적이다.

언어는 우리 몸속의 여과 장치를 통과한다. 말이든 문자든 마음에서 우러나와 머릿속에서 정돈되어 나오는 결과물이다. 여과 장치를 통과한 말은 입을 통해 밖으로 나온다. 우수한 성능으로 입안에서 바로 튀어나오는 것처럼 순발력을 보이는 사람도 있지만, 속도의 차이일 뿐이다. 언어의 출발 지점은 마음이다. 문장의 행간에서 깊은 뜻을 읽듯이, 말과 말 사이의 여백을 헤아릴 때, 정답고 평화로운 분위기를 얻게 된다.

부실한 내 여과 기관은 마음에서 출발한 말이 머릿속을 통과하는 동안 사라질 때가 많다. 그래서 침묵을 들어줄 줄 아는 사람이 좋다. 생략된 언어를 읽어주는 웅숭깊은 이가 가까이 있다는 것은 무엇과도 견줄 수 없는 선물처럼 여겨진다. 마음을 읽어주는 친구와 함께 있으면 맑은 숲길을 걷는 것처럼 평온해진다. 울창한 나무들 사이로 한 줌 햇살이 내리쬐는 숲속에서 청아한 새소리를 듣는 듯한 평화로움이다.

요즈음 범국가적 이슈로 사회가 혼란스럽다. 국회의사당 안에서는 같은 사안을 두고 뜨거운 설전을 벌인다. 같은 사건 같은 상황에 상이한 의견을 펼친다. 침묵은 비겁한 수단이 아닌 참말을 하기 위해서라는 작가의 말을 떠올려 본다. 침묵의 의미는 쓸데없는 말 대신 당당하고 참된 말을 하기 위해서라는 스님의 가르침을 되새겨 본다. 아울러 누군가의 심연에 고여 있을지도 모를 침묵에 귀를 기울인다.

[2023. 8.]

그곳의 시간은 천천히 흐른다

세월이 너무 빠르다고요? 정말 그렇지요. 시간이 느린 속도로 흐르는 곳을 제가 알고 있답니다. 디지털 시대를 넘어 메타버스(metaverse) 시대가 도래하는 현대 속에서도 아날로그 감성이 살아 있는 곳이지요. 도심 한복판에 있지만, 마을 앞에 흐르는 개울물처럼 편안한 느낌을 자아내지요. '육거리 종합시장'이랍니다. 청주를 대표하는 전통시장에 걸맞게 의식衣食에 관한 모든 것을 구비하고 있답니다. 구색을 갖춰 빼곡하게 들어선 점포들과 노점 상인들이 조화롭게 공존하고 있지요. 그곳에선 들꽃이 만발한 들판을 보는 것처럼 자유로움이 느껴집니다.

시장이란 물살에 발을 담그고 천천히 걸어보십시오. 가게마다 새어 나오는 다채로운 향이 삶의 향취로 다가옵니다. 형형색색 다른 향기가 하나로 어우러지는 풍경은 삶의 본류를 바라보게 하지요. 제철 과일을 무더기로 쌓아 놓은 과일 가게에서 흘러나오는 달큰한 향이 생선들이 내뿜는 비릿한 바다 내음에 묻히기도 합니다.

골목 어귀 한편에 쌓인 파릇파릇한 쪽파가 시선을 끌어당깁니다. 호박잎이 담긴 소쿠리 옆에 가지런히 놓여 있는 하얀 밑동이 신선함을 뽐냈지요. 푸른 물이 밴 손으로 푸성귀를 다듬는 할머니의 좌판은 저에겐 그냥 지나치기 어려운 곳입니다. 손질한 채소를 담아주시는 모습에서 이제는 가물가물한 제 할머니의 얼굴이 겹칩니다.

볼거리에 정신이 팔려 여러 갈래로 난 골목을 걷다 보면 방향을 잃을 수도 있답니다. 즐비한 간판들 사이로 주차장 방향을 알려주는 표지판을 확인하시면 도움이 된답니다.

시장을 둘러보다가 혹 흥겨운 음악이 들리거든 소리의 진원지를 찾아보셔도 좋겠습니다. '산까치 음반'이라는 상호에 걸맞게 레트로 분위기가 시간에 되돌이표를 찍어 놓은 곳 같았습니다. 가게 앞 진열대를 차지한 상품도 대부분 CD와 카세트테이프니까요. 마침, 듣고 싶은 곡이 생각나 가게 안으로 들어가 보았습니다. 아쉽게도 찾는 음반이 없었답니다. 취급 품목이 대중가요와 올드 팝송이었지요. 그렇다고 구시대의 제품만 있는 건 아닙니다. 음반을 들을 수 있는 다양한 플레이어로 구색을 갖추고, MP3나 USB에 선곡을 담아주기도 하지요. 과거와 현재가 공존하는 모습이었습니다. 그곳은 음악 앨범에 추억의 시간을 덤으로 얹어 주는 상점 같았어요.

혹자는 전통시장이 아니어도 시간을 거슬러 옛 기억을 회상할 수 있는 곳은 많다고 말할지도 모르겠습니다. 미술관이나 역사박물관은 물론이고 무수한 문학작품 속을 거니는 것도 좋은 방법이니까요. 때로는 메마른 감성을 흔드는 작품 속에서 시공간을 넘나들 수도 있으니까요. 그런데 잘 보존된 작품이나 유물이 박제된 유형有形의 시간이라면, 이곳은 살아 움직이는 시간 속을 같이 걷는 느낌이라고 할까요? 현재의 시간 속에서 과거의 생생한 문화 속으로 내가 합류하는 거지요. 관조자가 아니라 전통 문물을 이어가는 생산자가 되는 시간이랍니다.

여러 갈래 길을 걷다 보니 1세기를 훌쩍 넘은 교회도 있더군요. 조선 시대 다섯 진영 중의 한 곳으로 1904년에 건립되었다는 '제일교회'입니다. 옛 관청이었던 이곳은 네 분의 천주교 신자가 순교한 장소이기도 합니다. 이를 기념하는 표지석과 5·18 민주화운동으로 희생된 최종철 열사의 추모비가 출입구를 사이에 두고 마주 보고 있습니다. 그들의 넋이 유유히 흐르는 시장 길목을 지키고 있는 것 같은 느낌이었습니다. 숙연한 마음으로 당대의 상황을 떠올리며 기도를 드렸습니다.

추석이 가까워지고 있나 봅니다. 교회를 돌아 나오는 길에서 뽀얀 속살을 드러낸 근채根菜들이 유혹합니다. 여인들의 능숙한 손놀림이 흙빛 겉옷을 벗기고 말끔한 모습으로 탈바꿈시켜 놓았지요. 더덕과 도라지, 우엉을 골랐습니다. '덤'이라면서 우엉 한 봉지를 더 담아줍니다. '덤', 참 정겨운 말이지요. '서비스'라는 용어에 밀려나 버린 단어가 이곳에서는 얼마나 자연스럽게 들리는지요. 주차장으로 돌아가는 길에서도 덤은 이어졌습니다. 복숭아를 조금 샀는데 가을 자두 몇 개를 덤으로 얹어 주더군요. 이곳의 시계는 분명 천천히 움직이고 있습니다.

[2022. 8.]

베란다 콘서트

초가을에 들어선 토요일이다. 한가한 주말 오후 시간이 마음을 여유롭게 한다. 오디오를 켜고 클래식 음악 방송 주파수에 맞춘 후, 컴퓨터 앞에 앉았다. 잡음인가? 고운 선율을 비집고 어디선가 다른 소리가 끼어든다. 전화벨 소리도 아니다. 마치 솔바람을 타고 밀려오는 파도 소리처럼 청아하다. 소리의 진원지를 좇다가 문득 며칠 전 엘리베이터 안에서 읽었던 게시글을 떠올렸다. 아파트 단지 내에서 열리는 '베란다 콘서트' 안내문이었다.

열려 있는 주방 창문으로 밖을 내다보았다. 35층에서 내려다보는 지상은 평면적이다. 키 큰 나무에 가려진 1층 정경이 잘 보이지 않는다. 잠시 갈등이 생긴다. 하던 일을 멈추고 생생한 현장으로 달려갈 것인지, 이중 창문을 닫고 집중력을 발휘할 것인지. 그런데 귓가에 부드럽게 감기는 고운 화음을 거부하기엔 왠지 아쉽다. 누군가의 호의를 외면하는 것 같은 느낌이다. 서둘러 엘리베이터를 타고 내려갔다.

조경이 예쁜 놀이터가 공연장으로 탈바꿈했다. 몇 개의 동이 사방으로 둘러싸여 광장의 꼴을 갖추었다. 넓은 터에 각종 놀이 기구와 작은 구기 종목 코트가 있다. 크고 작은 나무들 사이엔 따스한 체온을 기다리는 벤치도 곳곳에 있다. 햇빛이나 비를 피해 차를 마시며 담소를 나눌 수 있도록 배려한, 형태가 다른 공간(Tee House)도 세 곳이나 있다. 공연 무대는 티 하우스 중에 가장 너른 곳에 마련되었다.

'베란다 콘서트'는 청주시립합창단에서 기획한 공연이라고 했다. 코로나19 팬데믹으로 지친 시민들을 위로하기 위해 힐링할 수 있는 시간을 마련했다고 한다.

공연 적합성 확인을 거친 몇 군데의 아파트가 선정되었다고 들었다. 우리 아파트도 혜택을 본 곳 중 한 곳인 모양이다. 베란다 창문을 활짝 열고 즐기는 음악 감상이라니 참 근사한 기획이다. 문득 언젠가 바르셀로나 여행 중에 접했던 광경이 떠오른다. 관광객들로 붐비는 람블라스 거리, 발코니에서 맥주를 마시며 생동감 넘치는 길거리 풍경을 즐기는 그들이 부러웠던 기억이 있다.

삼삼오오 모여 공연을 즐기는 주민들이 보기 좋다. 바닥에 돗자리를 깔고 옹기종기 모여 있는 가족들, 캠핑 의자를 펴고 앉은 사람들, 운동 기구에 걸터앉은 이들, 미끄럼틀에 올라가 줄줄이 앉아 있는 아이들, 테이크아웃 커피를 앞에 두고 나란히 한 곳을 바라보는 젊은 부부 등 무대를 향한 시선이 편안하다. 마치 햇살이 내려앉은 잔잔한 바다를 보는 것처럼 평화롭다.

비어 있는 벤치 모퉁이가 눈에 띄었다. 흰 구름 마주 보며 손짓하는 푸른 바다를 떠올리며 그 자리에 앉았다. 솔로와 합창, 테너와 소프라노, 알토와 바리톤으로 이어지는 소리 예술이 풍요롭다. 어느새 내 안에는 솔숲과 나란한 바닷가가 펼쳐졌다. 무대에서 들려오는 음악이 파도처럼 다가와 가슴을 시원하게 씻어 준다.

한때 생의 갈림길에서 부유했던 적이 있었다. 삶을 지탱하던 뿌리가 흔들리고, 신념과 가치관이 표류하던 시간이었다. 육체와 영혼이 유리된 듯한 시기였다. 몸은 벗어날 수 없는 일상에, 정신은 아득한 곳에 매여 있는 나날이었다. 관계의 사각지대에서 그저 하나의 점으로 존재할 수 있기를 바라기도 했었다. 소속된 어떤 단체에도 집중하지 못하고 언저리에서 서성였다. 가장자리에서는 조금은 편안한 마음으로 세상을 관조하고 소속감을 유지할 수 있었다.

시작과 끝이 어우러져 순환하는 바다, 근원을 알 수 없는 바람에 일렁이던 물결은 새로운 이름을 얻는다. 밀리고 밀려 다다른 곳이 바다의 끝자락이다. 파도가 온전히 제 모습을 드러내는 순간이다. 파도는 생의 변방에서 마주한 장벽 앞에서 물러서기를 거부한다. 좌절할 줄도 모른다. 거대한 암석도, 견고한 방파제도 파도의 의지를 막을 수 없다. 장렬한 투신만이 파도가 선택한 길이다. 산산이 부서지는 순간이 생의 절정인 양 눈부신 꽃으로 하얗게 산화한다. 바위에 몸을 던진 파도도, 모래톱에 부딪혀 흩어지는 물거품도 다시 바다와 하나가 된다. 그렇게 바다의 리듬에 맞춰 물결의 율동에 합류한다. 파도가 일렁이지 않으면 제 이름을 잃는 것이다. 밀려나고 부서지는 도전을 멈춘다면 존재의 소멸을 의미하는 것이리라.

가곡과 가요로 짜인 프로그램이 어느새 중반을 넘었다. 합창으로 듣는 '10월의 어느 멋진 날에'라는 곡이 색다르게 들린다. 서로 다른 음색 하나하나가 어우러져 또 하나의 고운 화음으로 울려 퍼진다. 형체 없는 맑은소리가 감성을 깨우고 마음을 부드럽게 어루만진다.

40여 분의 콘서트가 끝났다. 하얀 파도와 고운 화음의 여운이 발걸음을 이끈다. 아파트를 둘러싸고 조성된 산책로를 걸었다. 절정을 지난 나무들이 가을맞이 채비를 하고 있다. 돌 틈과 잔디밭 군데군데 노란 민들레가 고개를 내밀고 있다. 제철을 잊고 피어난 해맑은 얼굴이 밝은 미소를 건넨다. 맑고 푸른 하늘이 편안함을 더하는 오후, 하얀 뭉게구름이 어린 민들레꽃을 다독이듯이 천천히 흐른다. 초가을 하모니가 평화롭다.

[2022. 10.]

어떤 하루

시샘달 밤공기가 매섭다. 영하 16℃를 밑도는 기온이 종종걸음을 걷게 한다. 마감일을 하루 앞둔 원고도 발걸음을 재촉한다. 차에 올라 시동을 걸었다. 가로등이 있는 전면에 반해 뒤쪽이 어둡다. 출구 방향을 확인하고 후진했다. 순간 퍽! 하는 소리에 뒤를 가로막는 실체를 직감했다. 마음을 진정시키고 차에서 내렸다. 점잖게 서 있는 검은색 차량에 내 차가 닿아 있다. 112에 전화했다. 차 주인은 왔는데, 자동차 보험사의 출동이 늦다. 추위에 발을 동동거리는 남자의 모습에 미안한 마음이 더해진다. 감사함으로 채웠던 하루가 엎질러진 물 잔이 되고 말았다.

부천에서 가까운 친척의 혼사가 있는 날, 사소한 요행이 이어져 좋은 기분으로 출발한 하루였다. 가경동 시외버스터미널까지 이동할 방법을 궁리하며 인터넷 검색을 하다가 유용한 정보를 얻었다. 시외버스터미널 환승 주차장을 알게 된 것이다. 왕복 티켓을 소지하면 주차 요금 50%가 할인된다니 택시 요금보다 저렴하고 편리할 것 같았다.

서울 시민을 벗어난 지 오래다. 일이 있어 올라갈 때마다 직접 운전하고 다니다 보니 가끔 대중교통을 이용할 때면 살짝 긴장된다. 모바일 청첩장을 확인하고 복잡한 수도권 지하철 노선도를 검색했다. 예식 장소가 7호선 상동역 근처인데, 낯선 곳이다. 부천터미널에서 내린 후, 이동 코스를 몰라 상동역을 찾으면 되겠다 싶었다.

요금소를 벗어난 버스가 강에 도달한 냇물처럼 넓은 도로의 차량 행렬에 합류했다. 빨간불 신호에 버스가 정지했다. 무심히 창밖 풍경을 보는데 기억해 두었던 전철역이 눈에 띄었다. 운전기사에게 혹시 내릴 수 있는지 물었다. 머뭇거리던 그가 곤란한 표정으로 곧 도착하니 기다리라고 했다. 되짚어 올 동선을 생각하는 사이 버스가 건물 안으로 들어섰다. 하차하는 사람들을 따라 나가다 환영객처럼 서 있는 반가운 글자를 발견했다. '소풍웨딩 컨벤션 7층' 내 목적지가 바로 터미널과 같은 건물에 있는 것이 아닌가! 조금 전 편의를 거부했던 운전기사가 고맙기만 했다.

돌아오는 길은 강남 센트럴시티터미널에서 버스를 타야 했다. 부천은 청주행 막차 시간이 일렀다. 서둘러 나왔지만, 도보로 지하철역을 찾아가는 데 예상 시간을 초과했다. 전철이 정차할 때마다 남은 역의 숫자와 시간의 셈을 했다. 스물두 곳의 역을 거쳐 가는 동안 시간은 빠르게 흐르고 전철은 더디게 움직이는 듯했다.

예매한 티켓은 포기해야 할 것 같았다. 주말이라 다음 차를 탈 수 있을지 걱정이었다. 생각이 많아지는 가운데 조용히 마음속으로 기도드렸다. 고속터미널역이 가까워졌다. 어쩌면 차를 탈 수 있을 것도 같았다. 전철에서 내리자마자 갈래 길이 많은 지하상가의 이정표를 좇아 뛰기 시작했다. 좌석 번호를 확인하고 앉아 안도의 숨을 내쉬자, 버스는 곧 출발했다.

도착한 보험사 직원이 후속 조치를 안내한다. 적잖은 대가를 치러야겠지만, 다치지 않고 느슨했던 안전 운전 의식이 팽팽해졌으니, 이 또한 감사한 일이라고 애써 자위해 본다. 집으로 향하는 길에 잊었던 언어를 떠올린다. 묵은 먼지를 털어 낸 고사성어가 내 하루의 종점에서 불빛처럼 반짝인다.

[2025. 4.]

길이 말을 건넸다

길이 내어주는 품이 편안했다. 수수한 매력을 지닌 여인의 미소처럼 푸근했다. 차분함을 담고 있는 계절 때문이었을까. 오래전에 각인된 영화의 어느 장면 때문이었을까. 가을빛을 머금은 플라타너스가 옅은 우수憂愁를 드리운 채 온화한 표정으로 우리를 맞이했다. 황갈색으로 길게 이어진 가로수가 환영 인사를 건네는 듯했다.

30여 년 전, 이삿짐을 실은 차를 앞세우고 톨게이트를 빠져나왔을 때였다. 낯섦이 주는 고독감과 쓸쓸함 같은 묘한 감정이 나를 감쌌다. 서울을 벗어날 때의 아쉬움과 설레는 마음에 가벼운 두려움이 보태졌다. 아무런 연고도 없는 낯선 도시에서 아이들과 내가 잘 적응할 수 있을까? 하는 염려가 작은 해방감 위로 포개졌다.

결혼과 동시에 시부모님과 함께 살았다. 발꿈치를 들고 다니며 목소리를 낮추며 살았던 십여 년의 생활이었지만, 집안의 대소사를 계획하고 결정하는 데 어려움이 없었다. 시부모님께 여쭙고 말씀대로 실행하면 무리가 없었다. 5년 터울의 남매도 할아버지와 할머니의 사랑을 듬뿍 받으며 자랐다.

남편의 직장 상황 변화에 따라 뜻하지 않게 청주로 이사를 오게 되었다. 분가分家할 명분이 없는 맏며느리로서 막연하게 그리던 생활이었지만, 아이들과 나는 한동안 향수병에 시달렸다.

초등학교 3학년이던 딸은 비교적 수월하게 학교생활에 적응했다. 유치원생이었던 다섯 살 아들은 조부모의 무릎에서 보낸 시간이 많았다. 낯가림이 심했던 아이는 생활환경 변화로 인한 스트레스로 오래도록 고생했다. 할아버지 할머니는 물론이고, 이웃이었던 단짝 친구와 통화할 때면 굵은 눈물방울을 흘리곤 했다. 플로리스트였던 나도 일주일에 한 번씩 다니던 서울 일정은 타지에서 겪는 외로움을 덜어내는 시간이었다.

언제부터인가 서울을 오르내리며 느꼈던 감정이 뒤바뀌었다. 친숙하게 다니던 서울 시내가 갑갑해지기 시작했다. 분주한 발걸음으로 가득 찬 거리를 보는 것이 어색해졌다. 긴장감을 늦출 수 없는 좁은 차간 거리, 러시아워 구분 없이 밀리는 도로, 운전석에 앉으면 여유로운 마음을 접어둬야 하는 상황이 거북해졌다.

일을 마치고 복잡한 서울을 빠져나올 때면 숨통이 트였다. 질주하던 고속도로를 벗어나면 안도감을 느꼈다. 해가 저물 무렵 가로수 길에 들어서면 마음이 편안해졌다. 당시에 살았던 아파트 위치가 가경동이었다. 운치 있는 가로수의 도열을 즐기며 서행하다 보면, 가로수길 끝자락이 보일 때쯤 집에 다다르곤 했다.

청주 가로수길은 복대동 죽전교에서부터 석소동 경부고속국도 나들목까지의 6.3km 구간을 일컫는다. 자료를 찾다 보니 1948년에 조성했다는데, 어느 작가의 글을 빌리면, 1952년 정부의 녹화사업 일환으로 나무를 심었다고 한다. 당시 강서 면장과 주민들이 정부의 지원을 받아, 플라타너스 묘목 1,600여 그루를 식재했다고 한다. 이후 경부고속도로 개통으로 청주 진입도로가 확장되면서 가로수가 사라질 위기도 겪었던 모양이다. 주민들의 거듭된 탄원으로 나무를 옮겨 심은 것으로 알려져 있다. 본래의 모습과 달라진 풍경이 아쉽지만, 다행이라는 생각이 든다. 변화가 불가피한 상황에서 가로수를 지켜낸 주민들의 마음을 헤아려 본다. 혹여 훗날 또다시 유사한 상황이 생기더라도 편의성이나 경제성보다는 가치성이 우선시되기를 미리 염원한다. 정서적 유익함이 배제되지 않도록.

어느 작가의 글을 읽다가 '길이 말을 걸어왔다'라는 문장에 마음이 머물렀던 적이 있다. 감성을 일깨우는 글귀에 공감했다. 길은 무언으로 말을 건넨다. 아름다운 풍경으로 시선을 끄는 길에 들어서면 마음이 여유로워진다. 마치 뜻하지 않은 곳에서 타인의 호의를 받는 것처럼 기분이 좋아진다. 풍경은 언어가 되어 옥죄였던 가슴을 느슨하게 풀어놓는다. 아름다운 음악이 휴식을 주고, 한 폭의 그림이 다양한 이야기를 들려주듯이….

주거지를 오창으로 옮긴 이후로 가로수 길을 지나갈 일이 거의 없었다. 최근에 그쪽을 지나치는데, 플라타너스 길이 예전과는 조금 다른 분위기였다. 청주에서 강산이 세 번은 변할 만큼의 세월을 보냈다. 급변하는 세상에서 변화의 주기는 더욱 짧아졌으니, 변용은 당연할지도 모른다. 청주 도심을 둘러싼 외곽도 시대의 흐름에 따라 유동하고 있다. 두 편의 영화, 《만추》와 《모래시계》의 촬영 장소로 알려져 청주의 명소로 불렸던 가로수 길도 예외는 아니다. 만물이 변하는 것은 섭리다. 사람이든 사물이든 섭리에 순응하는 변화 속에는 자연미가 있다. 시간의 응결이 담긴 쇠락은 그 자체로 빛이 난다.

가로수 길이 곱게 저무는 석양빛 같았으면 좋겠다. 매일 마주하는 누군가의 출퇴근 길도, 간간이 지나치는 시민들도 지켜보면서 정서적 교감을 나누는 오랜 벗이면 좋겠다. 청주를 방문하는 외지인에게는 기쁘게 마중 나온 환영객이 되어 여전한 모습으로 자리를 지켰으면 하는 마음이다.

맨 처음 우리가 조우했던 그 순간 이 길은 어떤 인사를 했을까? 인터넷이 없던 그 시절, 호기심과 염려로 두리번거리는 나를 위안해 주었던 풍경이 선명한 아련함으로 다가온다. 가로수길, 청주의 첫인상이 아름다웠다.

[2023. 8.]

3. 별빛을 담다

뮤지엄 SAN에서

안도 타다오의 건축물이라니 마음이 설렜다. 책과 영상으로 접했던 대가의 작품을 직접 마주한다니. 그의 이름을 들으면 '빛'이란 단어가 먼저 떠오른다. 오래전 '빛의 교회'란 건물을 맨 처음 봤을 때의 감동이 되살아났다. 비록 사진이었지만, 건축예술에 무지한 나는 건물 벽에 틈을 낸 작품에서 신선한 충격을 받았다. 단순한 디자인의 교회 안에 자연 채광을 들인 십자가는 빛 이상의 의미로 다가왔다. 재단의 십자가를 자연의 빛으로 장식한 그 발상의 근원이 궁금했다.

초록빛 잔디가 깔린 주차장이 안온하게 차를 받아준다. 자동차도 휴식이 필요하다는 듯 싱그러운 초록빛 광장이 품을 내준다.

미술관 전체적인 분위기에서 미니멀리즘을 추구하고 자연과의 조화를 중시하는 그의 철학을 읽는다. 각각의 자연 테마로 조성된 야외 정원을 산책하듯이 거닐며 감상했다. 조각 정원 한편에

'빛의 공간'이 있다. 단순하면서도 세련된 외관이 먼저 시선을 끈다. 콘크리트 건물 안에서 노니는 햇살 줄기를 좇다가, 문득 내 안에도 빛이 자유롭게 드나드는 통로가 필요함을 느낀다.

7월 중순의 날씨가 변화무쌍하다. 가벼운 소나기가 흩뿌리듯 지나가면 바로 뜨거운 볕이 나온다. 미술관 관람을 하려면 야외 정원과 실내 갤러리를 넘나들게 된다. 곳곳의 출입문 근처에 비치된 우산이 뜨거운 햇살과 소나기를 차단하는 양용으로 요긴했다.

물의 정원을 건너 본관 건물에 들어섰다. 이곳 어딘가에 겸손한 사람만이 볼 수 있는 작품이 있다고 했다. 이곳으로 오는 차 안에서 친구가 농담처럼 전해 준 힌트이다. 호기심을 잠재우고, 감흥을 반감시키지 않으려는 그의 배려를 존중하기로 했다. 겸손해야 들어갈 수 있다니 어떤 테스트라도 거쳐야 하는 걸까? 하는 상상도 즐거웠다.

스위스의 현대 미술가 '우고 론디노네'의 작품이 전시 중이다. 잘 모르는 작가라서 팸플릿을 커닝하며 전시실에 들어섰다. 삶과 자연의 순환, 인간과 자연의 관계 그 안에서 형성되는 인간 존재와 경험을 전한다는데, 작품 전반에 어둠과 빛 삶과 죽음 등 자연의 순환이 녹아있다는 느낌이다.

방향 의식 없이 이동하다가 하얀 가림막이 설치된 전시실 앞에 멈춰 섰다. 준비 공간이라 생각하고 지나치려는데 친구가 아래쪽을 가리킨다. 대여섯 살 정도의 아이가 들어갈 만큼의 통로가 있다. 고개를 숙이고 들어간 후에 알았다. 겸손한 사람만 감상할 수 있다는 전시관이 바로 이곳이라는 것을.

긴 직사각형의 벽면에 수없이 많은 태양이 떠 있다. 하얀 켄트지에 닮은 듯 다른 모습의 해가 아이들 모습처럼 환하게 웃고 있다. 다시 몸을 낮추고 옆에 있는 전시실에 들어갔다. 까만 켄트지에 각양각색의 달이 어둠을 밝히고 있다. 하얗고 노란 달빛 사이에 푸른 별들이 빛나는 밤하늘에.

3세부터 12세 원주 지역 어린이들의 참여 작품이라고 한다. 주제는 〈너의 나이, 나의 나이, 그리고 태양의 나이〉, 〈너의 나이, 나의 나이, 그리고 달의 나이〉이다.

소리 없는 아이들의 함성이 내 안에 빛의 통로를 만들고 있었다.

[2024. 8.]

달빛 과자

향수鄕愁를 불러오는 먹거리가 있다. 식욕보다 먼저 떠오른 추억 때문에 주전부리를 살 때가 있다. 둥근 보름달 같은 뻥튀기 과자가 눈에 띄면 마음이 먼저 움직인다. '아이들처럼 왜 불량 식품을 사느냐'라는 남편의 핀잔에도 추억을 먹기 위해서라고 맹랑한 응수를 한다.

일주일에 한 번 아파트 단지 안에 장이 열린다. 산책길에 구경 삼아 지나가는 데 전통 과자를 파는 작은 트럭이 보인다. 과자를 쌓아 놓은 진열대 한편에서 펑! 펑! 소리와 함께 동그란 과자가 튕겨 나온다. 순서를 기다리는 젊은 여인들의 시선이 분주한 상인의 손길을 따라다닌다. 후덕해 보이는 아주머니는 바삐 움직이면서도 아이들을 먼저 챙긴다. 엄마 손을 잡고 달덩이 같은 과자를 하나씩 들고 있는 모습이 정겹다.

시골에서 자랐던 유년 시절, 과자를 마음껏 먹을 수 없었다. 제철 과일이나 고구마, 옥수수 등 수확한 농작물이 간식이고 주식이었다. 주전부리는 불필요한 것으로 간주했다. 용돈이 따로 없던 시절이었다. 가끔은 군것질의 유혹을 이기지 못하고 학용품 값을 부풀리기도 했다. 등하굣길에 친구들과 함께 먹는 과자 맛은 불편한 황홀경이었다. 고소하고 달달한 맛은 잠시 죄책감도 잊게 했다.

초등학교 4학년 때의 담임 선생님은 곱고 온화하신 분이었다. 미혼이었던 그분은 계란형 얼굴에 하얀 피부로 도회적인 이미지를 풍기셨다. 가정 사정으로 부모님과 떨어져 할머니와 지내던 나는 선생님을 많이 의지했다. 부드럽고 따스한 모습에서 엄마의 향취가 느껴졌다. 간혹 의기소침해 있는 나를 보신 선생님께서 연유를 물으시면 까닭 모를 설움이 북받쳐 올라올 때도 있었다. 아침 자습 시간에는 종종 아이들 앞에 나를 세우시고 책을 읽게 하셨다. 소란하던 교실이 조용해지고 스토리에 귀 기울이는 급우들을 볼 때면 작은 희열감이 나를 감쌌다.

늘 가깝게 지내던 친구들이 있었다. 대여섯 명이 아웅다웅 무리 지어 다니며 교실 분위기를 주도했다. 아이들 세계에 존재하는 소소한 갈등으로 친구들과 거리감을 느낄 때면 나만의 아지트를 찾았다. 공상의 세계에 존재하는 그곳에서 알프스 소녀 하이디와 함께 푸른 초원을 뛰어다니고, 소공자와 소공녀를 만났다. 내가 가장 좋아하던 친구는 '사라'였다. 프랜시스 호즈슨 버넷의 소설 《소공녀》의 주인공인 사라는 역경 속에서도 특유의 상상력으로 현실을 극복해 나갔던 예쁜 소녀다. 비루한 상황에서도 따스한 감성과 품위를 잃지 않고, 자신과 타인을 돌보며 좋은 결말을 맞는 주인공에게 내 모습을 투영시키곤 했다.

2학기에 접어들면서 '고전 읽기대회'를 준비하게 되었다. 학년 대표로 출전하는 우쭐한 마음도 있었지만, 6총사에서 열외 되는 두려움도 있었다. 가끔 엄마가 소포로 보내온 예쁜 옷과 학용품을 부러워한 친구에게 괜한 따돌림을 당했던 경험이 있어서였다. 친구들에게 소외되는 것은 또 다른 외로움이었다. 썰물처럼 아이들이 빠져나가고, 선생님도 교무실에 가시면 왁자하던 교실은 적막감이 감돌았다.

어느 날 방과 후 친구들과 어울려 교실 뒤편 나무 아래서 공기놀이를 했다. 교무 회의에 들어가신 선생님이 돌아오시기 전에 잠깐 놀다 들어갈 심산이었다. 한참 놀이에 정신이 팔려있는데 갑자기 정수리가 뜨거워지는 것을 느꼈다. 고개를 들자, 선생님께서 엄한 표정으로 우리를 보고 계셨다. 얼굴이 화끈거리고 가슴이 쿵쾅거렸다. 고개를 떨군 채 선생님 뒤를 따라 교실에 들어갔다. 긴 한숨 소리가 크게 들려왔다. 무언의 책망이 자책감의 무게를 더했다. 눈앞이 흐려지고 굵은 눈물방울이 바닥으로 떨어졌다. 잠시 후 지폐를 꺼낸 선생님은 뜻밖의 심부름을 시키셨다.

긴장감으로 막혔던 가슴이 서서히 편안해졌다. 들고 있던 짐을 내려놓은 것처럼 발걸음이 가벼웠다. 당당하게 가게 문을 열고 선생님이 칭하신 달 모양의 과자를 안고 돌아왔다.

선생님과 함께 앉아 달빛 조각을 먹었다. 사르르 녹는 과자가 허허로운 가슴을 채웠다. 엄마 곁에 있는 것처럼 포근해졌다. 이불을 끌어 올려 감싸주는 손길을 느낄 때처럼 따스했다.

아련한 추억을 일깨우는 동그란 과자는 이젠 크기도 맛도 달라졌다. 자색 고구마와 단호박이 첨가되고, 다양한 곡물을 재료로 업그레이드되었다. 영양도 더욱 풍부해진 과자에서 나는 옛 맛을 찾지 못한다. 다양한 음식에 길들여진 미각 때문만은 아닌 듯하다. 사실 그날의 과자 맛은 잘 기억나지 않는다. 질책 대신 받았던 포근한 사랑의 포만감만이 달빛처럼 은은하게 남아있다.

저녁 산책길에 마주한 둥근달이 환하다. 이제 나는 당시의 선생님보다 갑절 이상의 나이가 되었다. 살아오는 동안 나는 누군가에게 저런 달빛이 되었던 순간이 있었을까? 흐렸던 하루가 저물면 이슥한 어둠 속에서, 잿빛 구름 가르며 말간 얼굴 보여주려 애썼던 적이 몇 번이나 있었을까?

여전한 달빛에서 무언으로 건네는 선생님의 말씀을 듣는다. 이지러지면 차오르는 법이라고 일러주신다.

[2023. 6.]

별빛을 담다

별빛이 낮게 내려왔던 곳이었다. 온전한 어둠 속에서 총총한 별들의 수런거림이 들리는 듯했던 곳. 파도도 나지막이 소리를 낮추며 다가왔던 고요한 바다였다. 늦은 밤 까만 밤바다를 지키던 영롱한 별빛이 향수鄕愁처럼 내 안에 자리했었다. 오래전의 기억을 더듬으며 증도를 다시 찾았다.

십여 년의 세월이 지나간 흔적이 사뭇 다른 감흥을 불러일으킨다. 처음 왔을 때와 계절이 달라서일까? 손을 뻗으면 닿을 것 같았던 별들이 저만치 달아나 있다. 약속이 어긋났을 때처럼 왠지 허전하다. 아쉬운 마음을 달래 주려는 듯이 밤새 파도가 기척을 한다.

'슬로우시티'라는 슬로건에 보조를 맞춰 다음 날 일정을 시작했다. 리조트를 벗어나자 넓게 펼쳐진 염전이 보이기 시작한다. 언젠가 기회가 되면 한 번쯤 둘러보고 싶었던 곳이다. 소금 박물관을 관람하고 나와 염전으로 난 길로 들어섰다.

　계절의 경계에 있는 3월, 염전은 아직 휴식기를 벗어나지 않았나 보다. 옅은 회색빛 평야가 한적하다. 소금 창고로 여겨지는 건물이 보인다. 창고 안이 어떤 모습일지 궁금하다. 그런데 호기심에 이끌리는 발길을 네모난 표지판이 멈춰 세운다.

　'출입자제구역' 잠시 망설여진다. 정중한 권고처럼 보이는 문구가 신선하다. 출입을 제한하는 곳에서 흔히 접하던 글귀와는 어감이 다르다. '관계자 외 출입금지'나 '출입제한구역'이 엄한 표정과 강한 어조로 앞을 가로막는 느낌이라면, 출입을 자제해 달라는 말은 낮은 자세와 부드러운 언어로 양해를 구하는 것 같다. 마치 '이곳은 들어오지 마십시오. 하지만 정히 필요하다면 당신의 의사를 존중하겠습니다.'라는 정중한 당부처럼 들린다.

　여행길에 간혹 염전을 지나갈 때면 낮은 지붕을 이고 있는 건물이 궁금했었다. 평평한 갯벌 밭에 갇힌 바닷물이 어떻게 하얀 결정체로 변모하는지. 자연의 힘과 인간의 노고로 빚어지는 합작품이 어떤 모습으로 생성의 단계에 이르는지….

　《자전거 여행》에서 김훈 작가가 들려준 소금의 생성 과정을 기억하고 있다. 여섯 단계의 저수장을 거치면서 증발한 바닷물이 마지막 결정지에 닿으면 소금이 이루어진다고 했다. 향기로운 짠맛을 지닌 소금을 얻기 위해서는 고요함이 필수라고 했다. 햇볕과 바다의 정수가 소금 알 속에서 고요할 때, 최상급의 소금이 익는다고도 했다. 그러니 '출입자제구역'이란 안내문은 소금의 안정이 흔들리지 않게 하려는 방편이리라.

소금 박물관을 지나 카페에 들렀다. 야외 테라스엔 바다를 마주하고 앉을 수 있는 자리가 있다. 멍때리기 하기에 알맞은 장소다. 멍때리기, 언제부터인가 유행처럼 생긴 머리 비우기이다. 생각을 멈추고 마음을 비우고 뇌에 휴식을 주는 시간이다.

커피를 내려놓고 바다를 향해 앉았다. 회색빛이 감도는 짙푸른 바닷물에 시선을 고정했다. 잔잔한 바다가 평온함을 안겨 준다. 몸도 마음도 바다 위에 떠 있는 것처럼 가벼워진다. 하지만 무념무상을 유지하기엔 내 의지력이 부족한 것일까? 평화로운 시간 속에 머물고 싶은 바람은 또 다른 상념으로 이어진다.

생각을 멈추겠다는 시도가 무모한 도전이었나 보다. 잠시 눈을 감고 있어도 부지런한 오감은 무수한 파노라마를 머릿속에 펼쳐 놓는다.

지나온 세월, 고운 빛으로 채색된 추억이 많은데도 불구하고 회상의 방향은 아쉬움의 순간을 향한다. 타다 만 장작처럼 제때 연소하지 못한 파편들이 어느새 바다 위에 아른거린다. 대수롭지 않은 서사의 흔적들이 물결에 흔들리며 넘나든다. 문득 수도꼭지처럼 생각을 조절하는 장치가 있으면 좋겠다는 엉뚱한 상상을 해

본다. 그때였다. 무수한 관념의 물결 사이로 작은 불빛이 깜박였다. 염전에서부터 따라온 글빛의 여운이 별처럼 반짝인다. 낮게 다가온 별이 조용히 속삭인다.

"출입자제구역입니다. 지금 그곳을 기웃거리면 푸른 바다가 건네는 평화로움을 온전히 느끼지 못하게 된답니다."

소곤거리는 별빛이 어느 영성 작가의 글을 떠올려 놓았다.

안셀름 그륀 사제는 아름다운 풍광에 시공간을 잊고 빠져드는 순간을 영원성에 닿는 시간이라고 했다. '순간 속에 온전히 존재할 때 시간은 영원이 된다.'라고. 영원을 담는 순간이라니, 물아일체의 경지에서 느끼는 무아지경의 순간을 일컫는 것일까?

별이 건네는 조언을 협심狹心의 골짜기에 걸어두었다. 때때로 이 별은 내 안에서 은은한 빛으로 말을 건네리라. 감탄사를 연발하는 풍경 앞에서 마음의 시선이 다른 곳을 향할 때, 어수선한 마음 밭 갈림길에서 불필요한 공간을 기웃거릴 때, 온화한 표정으로 일러줄 것이다.

"출입자제구역입니다."

[2023. 3.]

오베르쉬르우아즈에서의 하루

파리에서의 마지막 일정을 이곳으로 제안한 사람은 딸이었다. 네 식구의 정서와 취향을 고려한 아이디어가 내심 반가웠다. 운전대를 잡은 아들 옆에 앉은 딸이 우리가 하루를 보낼 장소에 대해 대략적인 설명을 해 주었다. 어학 공부를 위해 파리에서 일 년여 머문 경험이 있는 아이가 가이드 역할을 제법 만족스럽게 한다.

빈센트 반 고흐가 생을 마감한 곳이라니, 마음속에서는 설명할 수 없는 묘한 감정이 일렁였다. 그림을 좋아하지만, 문외한이나 다름없다. 고작 교양과목으로 서양미술을 한 학기 접한 것이 전부다. 짧은 식견으로 르누아르와 같은 밝은 화풍을 좋아하던 나에겐 고흐는 멀리 있는 화가였다. 고흐라는 이름을 대하면 한쪽 귀를 붕대로 싸맨 자화상이 먼저 떠올랐다.

그에게 가까이 다가가게 된 것은 한 권의 서한집을 읽고 난 뒤부터였다. 우연히 접하게 된 《반 고흐, 영혼의 편지》에는 자신의 내면을 탐구하고 감정에 충실한 삶을 추구했던 여정이 고스란히 담겨 있었다. 여느 소설처럼 흥미진진한 스토리가 들어 있는 것도 아닌데 시간을 잊은 채 빠져들었다. 솔직한 자기 고백적 서술에 늦은 새벽까지 책장을 덮지 못했다. 마치 누군가와 밤새워 비슷한 상처를 내보이며 대화를 나누는 것처럼 그렇게 가까워졌다. 그의 서간은 마음을 비춰주는 거울 같았다.

파리 시내에서 출발한 지 40여 분 만에 오베르쉬르우아즈에 도착했다. 마을 중심의 이국적인 건축물과 달리 전원의 풍경은 낯설지 않다. 동네를 에워싼 유채밭이 우리나라의 시골 봄 풍경과 크게 다르지 않다. 고흐의 화폭에 담긴 장소 곳곳에는 작품 사진이 세워져 있다. 과거와 현재를 대비시킨 듯한 풍경이 시간의 흐름을 가늠하게 한다. 음미하듯 천천히 골목길을 걸었다. 마치 그의 작품 속을 거니는 듯한 느낌이다. 오베르의 성당도, 계단을 오르는 난간이 그려진 골목길도, 키가 자란 잡목을 제외하고는 예전 모습 그대로이다. 고흐가 머물렀던 여관 '라부'에 들어섰다. 마을 뒤편 밀밭에서 스스로 방아쇠를 당기고, 피를 흘리며 돌아와 이틀을 앓다가 사망했다는 작은 방. 낡은 침대와 테이블이 켜켜이 쌓인 서사를 압축한 듯 빈방을 묵묵히 지키고 있다.

그가 이 소박한 방에 기거했던 기간은 70일 정도에 불과했다. 하지만 이곳에서 그린 작품이 80여 점이라니 생애 마지막 에너지를 이곳에서 모두 쏟아냈었나 보다.

고흐는 평생을 동생 테오에게 경제적 도움을 받아야 할 만큼 궁핍한 생활을 했지만, 예술가로서의 확고한 신념은 푸르렀다. 타협과 조화에 서툴렀던 그는 자신의 내면을 관조하면서 자연과 소통했다.

'내가 아주 다른 사람이라는 걸 알고 있어.'

그는 평범함의 범주에서 조금 비켜서 있는 사람이라는 것을 스스로 알고 있었다. 다른 사람과 다름을 인정하면서, 세상에서 믿고 사랑할 만한 가치를 지키고자 했다. 두 형제가 주고받았던 많은 글은 현실적인 일상의 대화다. 대부분 그림에 대한 고뇌와 진행 과정, 미래에 대한 계획들이 진중하게 담겨 있었다.

내가 밤을 새워 만났던 그는 사랑의 가치를 알고 실천했던 사람이었다. 고독했지만 외롭지 않은 사람이었다. 아니, 행복한 사람이었다. 자신에게 정직한 삶만큼 행복한 삶이 어디 있을까? 있는 그대로의 자신을 드러내고 함께 나눌 수 있는 벗이 되었던 두 형제는 행복한 사람들이다. 고흐는 자신의 내면을 탐구하면서 때로는 부정적이고 격한 감정까지 담담히 테오와 나누었다.

짧지만 찬연한 삶이 고흐의 생이었다. 내가 만난 고흐는 그랬다. 화가로서가 아니라 순수한 영혼을 지닌 조력자로서, 자신의 신념과 가치관을 실천하는 데 성공한 사람이었다. 그는 낙담하고 비관적인 생각에 사로잡힐 때마다 테오와 함께했던 시간을 떠올리면서 유쾌한 기분을 되찾았다고 말한다.

'우리가 살아가야 할 이유를 알게 되고, 자신이 무의미하고 소모적인 존재가 아니라 무언가 도움이 될 수도 있는 존재임을 깨닫게 되는 것은 다른 사람들과 더불어 살아가면서 사랑을 느낄 때인 것 같다.'

어느 한때 내 삶의 뿌리가 심하게 흔들릴 때가 있었다. 며느리라는 굴레의 무게를 감당하기 어려웠던 때였다. 아내라는 옷을 벗어버리고 싶은 충동에 얽매였던 순간, 배려심 많은 아들의 사랑이 흔들리던 엄마의 뿌리를 잡아주었다.

고흐의 서간문을 읽고 난 후에야 그의 작품들을 좀 더 편안하게 감상할 수 있었다. 그의 글과 그림은 솔직하다. 담백한 작품들은 진정한 사랑의 가치와 아름다움을 생각하게 한다. 글을 쓰고 있는 이 순간 나는 과연 얼마만큼 정직하게 내면의 소리를 서술하고 있는 걸까.

아를의 고운 밤하늘에서 론강에 내려온 별빛을 붙잡아 영원히 우리 곁에 남겨준 고흐는 또 다른 별이 되었다. 종일 그의 흔적을 좇아 돌아다니다 들어간 레스토랑에도, 카페에도 젊은 시절 고흐 모습으로 가득하다. 파리 시내로 돌아오는 길에 많은 현인이 떠오른다.

'덜 소유하고 더 많이 존재하는 삶'을 살았던….

[2021. 1.]

아름다운 사람들

아담한 서점이다. '책방'이란 이름이 잘 어울리는 곳이다. 대형 서점과 달리 소박함이 느껴지는 공간에서 아날로그 감성을 읽는다. 아이들 하교 시간 전이라서인지 서점 안이 한산하다. 책 정리를 하고 있던 여인이 밝은 표정으로 인사를 건넨다. '이곳이 바로 고운 씨앗이 움트는 곳이구나.'라고 생각하니 처음 들어설 때의 어색함이 이내 사라진다. 마치 특별한 곳에 와 있는 듯한 느낌이다.

"청주에 이런 곳이 있네."

며칠 전 남편이 인터넷 기사 하나를 보여줬다. 짧은 기사를 읽는 동안 맑은 공기를 들이마시는 것처럼 신선한 기운이 나를 감쌌다. 아름다운 사람들 이야기에 마음이 동했다.

독립 서점인 이곳에서는 특별한 활동을 하고 있다. 바로 '책 사줄게. 프로젝트'이다. 뜻이 있는 어른들이 선결제하고, 아이들은 누구나 원하는 책을 고르면 된다.

학생들이 책 선물 받기 위한 조건은 단 하나다. '보호자 없이 혼자 책방에 들어가는 것' 이런 원칙을 정한 이유는, 아이들에게 혼자 책방을 서성이며 책을 고르는 경험을 선물해 주고 싶어서였다고 한다. 참 근사한 규칙이다.

혹여 책을 고르지 못하는 아이에게는 작은 용돈이 담긴 봉투가 쥐여진다. 이 또한 '책방을 찾아오는 마음이 기특해서'라고 하는 말을 기사에서 읽었다. 이는 단순한 시혜가 아니다. 아이들을 사랑하고 존중하는 따뜻한 마음이 담겼다.

음식점에서나 엘리베이터 안에서, 종종 핸드폰에서 눈을 떼지 못하는 아이들을 만난다. 이젠 스마트폰이 어린이들에게도 필수품이 된 듯하다. 일정 부분 필요성을 인정하면서도, 어린 시절의 귀한 정서를 놓치는 것 같아 안타까운 생각이 든다.

지난 연말 우리 국민은 뜻하지 않은 상황에 맞닥뜨렸다. 부끄러운 역사의 한 페이지를 넘기면서 많은 교훈을 얻었던 과정 중에 이 시대의 진정한 어른들을 알게 되었다. 대통령을 탄핵하고 파면하는 과정에서 한 헌법재판관의 삶이 언론에서 조명되었다. 공직자로서 청빈한 삶을 실천했던 그는 가난한 학창 시절을 보냈다. 고등학교부터 대학까지 어느 독지가의 장학금으로 공부했다. 그분은 한약방을 운영하며 장학사업을 하면서 지역사회에 여러 가지 이바지하는 삶을 사신 분이었다. 지금까지 그 장학금의 수혜자가 1,000여 명이 넘는다. 사법시험에 합격한 주인공이 감사 인사드리러 갔을 때 그분은 이런 말씀을 했다고 한다.

"이 사회에 있는 것을 너에게 주었을 뿐이니 혹시 갚아야 한다면 이 사회에 갚아라."

문형배 전 헌법재판관과 김장하 선생의 이야기다. 문형배 전 헌법재판관은 이 말씀을 깊이 간직하며 살았다고 한다. 삶에 영향력을 미친 인물은 단연 김장하 선생이었다. 겸손한 모습으로 자신의 공로를 스승에게 돌리며 울컥하는 그를 보면서 가슴 뭉클한 감동이 밀려왔다. 비슷한 인격을 지닌 두 분 모습에서 인간이 지닌 아름다움의 본질을 보았다. 인류 보편적 가치를 실천하는 분들의 참된 삶이 고귀하게 빛났다.

책 두 권을 골랐다. 카드를 건네며 나에게도 특별한 프로젝트에 동참할 기회를 청했다. 예쁜 켈리그래피 보람줄을 감사 선물로 받았다. 선 결제금이 밀려 있어, 내 작은 마음은 12월쯤에 아이들 품에 안길 것이라는 말을 전해 준다.

누군지 모를 아이가 혼자 서점에 들러 책을 고르는 모습을 그려본다. 책장을 넘기며 자신만의 안목으로 갈등하고 선택하는 눈빛을 상상하는 것만으로도 왠지 흐뭇해진다. 한 권의 책이, 책 속의 한 문장이 누군가의 미래에 의미 있는 영향을 미칠 수 있으리라.

이곳이 아이들의 사랑방이었으면 좋겠다. 참새가 드나드는 방 앗간처럼, 등하굣길 재잘거림 속에 푸른 꿈이 영그는 공간이 되었으면 하는 마음이다. 여기에 뿌려진 씨앗이 선순환으로 이어지고 대물림되었으면 하는 바람을 조용히 남겨 두고 책방을 나선다.

[S2025. 8.]

착각

시간은 빠르게 흐르는데 여름의 발걸음은 더디기만 하다. 연일 고공 행진을 하는 한낮 기온이 내려올 줄을 모른다.

폭염의 영향권을 벗어나 2층 건물에 들어섰다. 시원한 실내 공간이 지상의 천국처럼 느껴진다. 성능 좋은 에어컨 덕분에 적당히 상쾌한 온도가 유지되고 있다. 안에서 바라본 바깥 풍경이 사뭇 다르게 다가온다.

두 개의 창문 너머로 보이는 여름날이 찬연하게 아름답다. 밖에 있을 때 위협적으로 내리쬐던 태양도 뜨거운 열기가 아니라, 나뭇잎을 부드럽게 어루만지는 햇살인 듯하다. 투명한 유리창 사각 프레임에 담긴 초록빛이 싱그럽다.

정면에 마주한 나뭇가지의 흔들림이 경쾌하다. 그 리듬에 맞춰 둥근 나뭇잎이 춤을 춘다. 마치 분수대 물줄기 사이에서 해맑게 뛰어노는 아이들 모습 같다. 덩달아 유쾌해진다. 햇살에 반짝이는 초록빛 유희를 감상하다가 오른쪽 창문으로 시선을 옮겼다. 그런데 조금 전 내가 즐겼던 왼쪽 풍경과는 다른 모습이다. 아기 손바닥 크기의 고운 초록색 잎이 조용히 제자리를 지키고 있다. 정지된 화면처럼 나뭇가지도 잎새도 전혀 미동이 없다. 좌우를 번갈아 살폈다. 왼쪽 창밖의 나뭇잎은 여전히 춤사위를 멈추지 않고 있다. 아! 순간 나도 모르게 엷은 탄식이 새어 나왔다. 방금 내가 본 현상이 착각이었다는 것을 알아차렸다.

왼편 나무 옆에서 에어컨 실외기가 뜨거운 바람을 내뿜고 있다는 결론에 이르자, 지금까지의 희극은 막을 내렸다. 왈츠를 추는 듯 경쾌한 나뭇잎의 몸짓은 고통을 표현한 아우성이었다. 문명의 이기가 토해내는 뜨거운 숨결을 견디는 몸부림이었다. 어쩌면 소리 없는 비명으로 절규하는 호소였을지도 모를 일이다.

살며시 고개를 옆으로 빼고 다시 밖을 내다보았다. 가지 하나가 말라가고 있었다. 싱그러운 잎새 대신, 둥글게 말린 갈색 나뭇잎이 날아갈 듯 위태롭게 매달려 있다. 안타까운 심정에 여러 생각이 포개졌다. 한동안 겹친 단상에 갇혀있던 나를 멈춰 세운 건 갑자기 쏟아진 소나기였다. 참 다행이다. 반가운 마음에 감사의 기도가 절로 나왔다. 시원한 빗줄기가 한차례 지나가자, 흔들리던 나뭇잎이 동작을 멈췄다. 대기의 열기를 식혀 놓은 소나기 덕분에 실외기가 잠시 멈춘 것이다. 잠시라도 나무가 쉴 수 있게 되었다.

8월 중순을 지나고 있다. 계속되는 찜통더위가 지상의 생명체들에게 극기의 시간을 요구한다. 언론에서 가끔 온열질환자 사망사고 소식을 접할 때면 마음이 무거워진다.

내가 누리는 편리함과 안락함 뒤에 보이지 않는 수많은 손길을 생각해 본다. 주어진 여건 속에서 묵묵히 세상의 한 축을 떠받치고 있는 이들을 떠올린다. 미소 띤 얼굴 뒤에 가려진 땀방울의 의미와 간과할 수 없는 존엄한 노동의 가치를 되새긴다.

우리의 삶은 씨실과 날실처럼 얽히고설킨 세상 속에서, 각자지닌 고유한 기질과 역량으로 감당하고 향유하는 여정이다.

잠시 청맹과니가 되었던 시간, 짧은 착각이 일깨운 겸허함을 간직한다. 느린 속도로 지나가는 계절 한가운데에서, 보이지 않는 가을을 향해 조급한 손짓을 해보는 여름 오후이다.

[2025. 9.]

별마로 천문대에서

　늦은 밤 봉래산 정상을 향해 올라가는 길은 온통 어둠뿐이다. 도심에서 밀려난 어둠의 피난처가 된 숲이 적막에 싸여있다. 어디선가 선잠에서 깬 고라니가 불쑥 뛰어나올 것만 같다. 산속 생명들의 단잠을 깨우는 불청객이 된 것 같아 운전이 조심스럽다. 조수석에 앉은 딸이 엄마의 긴장감을 눈치챘는지 변명처럼 미안한 마음을 표한다.

　"별자리가 더 잘 보일 것 같아서 일부러 마지막 관람 시간을 예약했는데 너무 늦은 시간으로 한 것 같아요."

　탯줄을 통해 교감하던 스물일곱 해 전의 그때처럼 고운 꿈들을 담아주고 싶어서였을까. 꾸불꾸불한 산기슭을 거슬러 올라가는 한밤중 여정에서 문득 산란기를 맞은 연어의 모습을 떠올렸다.

　정상에 다다르자, 우주선 기지가 연상되는 건물이 우뚝 서 있다. 10시 정각이 됐다. 기다리고 있던 직원이 마지막 관람객들을 안내했다. 이름이 예쁜 '별마로천문대'는 별과 마루(정상), 한자 '고요하다'라는 의미 '로魯'의 합성어라고 한다. 즉 '별을 보는 고요한 정상'을 뜻한다. 어떤 심성 고운 이가 지었는지 참 잘 어울리는 이름이다.

지하 1층에 있는 천체투영실 안에 들어갔다. 돔(dome) 스크린 아래 놓여 있는 의자가 이채롭다. 해설사의 안내에 따라 의자를 뒤로 젖히니 안락하다. 고개를 들지 않아도 편안한 자세로 별자리를 감상할 수 있다. 긴장감에 움츠러들었던 몸속 세포들이 제자리를 찾아간 듯 편안하다. 마치 어린 시절 할머니의 무릎에 누웠을 때처럼 평화롭다.

여름밤 시골집 앞마당에는 유난히 수많은 별이 내려왔었다. 저녁상을 물리고 난 평상에 누우면 바람길을 살펴 피워 놓았던 모깃불이 사그라질 즈음, 푸른 밤하늘에 별들이 하나씩 제 모습을 드러냈다. 할머니의 부채질에 따라 움직이는 은하수의 푸른 물결은 동화 속 상상의 나라로 들어가는 길이 되어 주었다.

실내 등이 꺼지고 둥근 천장의 조명이 켜졌다. 파란 창공에 반짝이는 별들이 가득하다. 빛바랜 동심이 조용히 올라와 켜켜이 쌓인 세월의 무게를 덜어낸다. 영롱한 별빛이 손에 잡힐 듯 눈앞에 펼쳐졌다. 아늑한 분위기와 잘 어울리는 해설사의 음성이 마치 별들의 언어 같다. 차분하고 고운 음색이 잔잔하게 감성의 문을 두드린다.

　계절에 따라 나타났다가 사라지는 별자리들은 각각의 푸른 사연을 담고 있다. 별들이 별이 될 수밖에 없었던 신화는 언제 들어도 슬프도록 아름답다. 지극한 아픔으로 가슴에 푸른 멍이 든 이들만이 별이 되었다는 이야기. 별들은 그 찬란한 푸르름으로 영원성을 획득했다. 그래서일까? 별빛은 가슴 시린 사람들에게 더 가까이 다가가는 속성을 지녔다.

　별, 꿈, 희망….

　시간의 퇴적으로 그을음에 싸여있는 낡은 언어들을 꺼내어 반짝반짝 윤이 나도록 닦아서 아이에게 안겨주고 싶다는 생각이 스쳐 지나갔다.

　주관측실과 보조관측실이 있는 4층으로 올라갔다. 실재의 별자리를 보려면 옥외에 설치된 천체망원경을 이용해야 한다. 산정상 초가을 밤 날씨가 제법 쌀쌀하다. 조금 전 천체투영실에서 누워 안락하게 보았던 선명한 별자리는 존재하지 않았다. 렌즈의 방향을 조절해서 한참 집중해야 아득히 먼 곳에 있는 별빛을 찾을 수 있었다. 이론이 충족시키지 못하는 실재의 빈틈이 존재하는 세상처럼, 가상과 현실의 간극을 생각하게 한다. 침묵이 지닌 언어의 힘을 빌려 유난히 반짝이는 별을 향해 작은 소망 하나를 넌지시 담아 보냈다.

얼굴을 밀착시켰던 렌즈에서 벗어나 검푸른 하늘을 바라보았다. 멀어진 작은 별빛이 여전히 곱다. 한순간 방향을 잃어버린 누군가를 향해 보내는 온화한 미소가 정겹게 가슴에 안긴다.

꿈을 이룬다는 것은 방향성을 잃지 않는 것을 토대로 한다. 삶은 밝음과 어둠이 공존하는 시간을 통과하는 여정이다. 혹여 지금 어두운 시공간을 지나가는 중이라면 잠시 걸음을 멈추고 밤하늘을 바라보자. 짙푸른 창공에서 조용히 보내는 별빛의 응원을 놓치지 말자.

밤이 더 깊어지고 있다. 푸른 별빛이 한 아름 담긴 하산 길이 충만하다. 영월 여정 마지막을 천문대로 정한 것은 괜찮은 선택이었다.

이튿날 남한강 줄기를 거슬러 오는 귀갓길이 은빛으로 환하다. 신화가 되기를 거부한 낮별들이 강물 위에 내려와 유희를 즐기고 있다. 초가을 맑은 햇살에 은방울 같은 별꽃들이 눈부시게 고운 몸짓으로 우리를 배웅한다.

[2015. 7.]

피아노는 어디에

딸아이 눈가가 붉어졌다. 눈에 고인 눈물이 윤슬처럼 반짝인다. 눈물을 훔치며 애써 미소 짓는 모습이 내 미안함의 무게를 더한다. 표정 관리에 애쓰던 아이가 창밖으로 시선을 돌리며 스스로를 다독인다.

"왜 자꾸 눈물이 나오지?"

상실감을 달래는 눈빛에 깊은 아쉬움이 담겨 있다. 어색한 웃음에 매달린 한 조각의 슬픔이 내 가슴에 박힌다. 지금 내가 할 수 있는 건 아이 마음을 지배한 공허함의 세력이 약해지기를 기다리는 것뿐이다. 실체 없는 애장품과 이별의 시간을 갖는 딸아이 곁에서 나는 하릴없이 찻잔을 들고 있다.

2년여 캥거루족 대열에 섰던 딸이 요즘 분가할 준비를 하고 있다. 이사를 앞둔 며칠 전, 필요한 물품을 사러 다녀오는 길이었다. 조수석에 앉아 가구 배치도를 그리던 아이가 불쑥 말을 꺼냈다.

"엄마, 내 피아노는 지금 어디에 있어요?"

갑작스러운 물음에 나는 선뜻 대답하지 못했다. 불시에 미처 해결하지 못한 과제 제출 요구를 받은 것처럼 당혹스러웠다.

'나중에 얘기해 줄게.'라며 얼버무리듯 대꾸하는 머릿속이 복잡했다. 피아노 소재 파악을 더는 미룰 수 없었다.

조부모의 영향을 받아서인지 딸아이는 생활 습관이 검소하다. 작은 물건 하나도 쉬 버리지 않아 오래된 물건들을 많이 가지고 있다. 피아노는 딸의 보물 목록 선두 자리에 있을지도 모르겠다. 다섯 살 때 조부모로부터 받은 생일 선물이다.

시대적 빈곤을 경험한 세대의 생활 습관이 대부분 그렇듯이 시부모님 또한 근검절약이 몸에 밴 분들이셨다. 이쑤시개 하나라도 양쪽 끝이 뾰족하게 깎인 것을 사서 반으로 잘라 두 분이 사용하실 만큼 검소하셨다. 그런 분들이 첫째 친손녀에게 아낌없는 사랑을 쏟으셨다. 그렇게 딸아이와 인연을 맺은 피아노를 나도 한때 공유했다.

딸의 피아노 교습소 선생님은 나와 비슷한 연배였다. 친구가 필요했던 그녀의 제안으로 딸과 함께 피아노 개인 지도를 받았다. 아이는 엄마보다 진도를 앞서려고 의욕적으로 연습했다. 경쟁심을 불태우듯 조막손으로 피아노 건반을 두드릴 때면 잔잔한 행복감이 나를 감쌌다. 사랑스러운 꼬마 숙녀와 나란히 앉아 젓가락 행진곡을 연주하던 순간 아이와 나는 친구가 되곤 했다.

해 질 무렵 저녁 식사 준비를 할 때면 아이 방에서 들려오는 서툰 연주곡이 잔잔한 행복감을 안겨주었다. 제법 능숙하게 들려주는 '소녀의 기도'는 아련한 그리움의 선율로 다가오기도 하고, 때로는 먼 곳에서 들려오는 종소리처럼 아득하고 평온하게 집안을 채웠다. 아이의 감성과 꿈을 키우던 피아노는, 가볍지 않았던 시집살이의 고달픔을 덜어주는 내 벗이 되기도 했다.

이화여대에 진학한 딸은 학교 앞 오피스텔에서 생활했다. 내 바람과 달리 내향적인 아이는 휴일이면 홀로 미술관이나 영화관을 찾아다녔다. 학교 졸업 앨범이 마담뚜들 손에 떠돌아다닌다는 소문을 우스갯소리로 전하면서도, 아이는 청춘의 특권을 누릴 줄 몰랐다.

언젠가 딸아이 오피스텔에 갔을 때였다. 방 한쪽에 피아노 건반이 그려진 그림이 펼쳐져 있었다. 순간 한겨울 새벽바람이 코끝을 스쳤다. 청춘의 고뇌와 외로움의 무게가 소리 없는 피아노 건반 위에 누워있었다.

때때로 아이가 집에 내려올 때면 빈방을 지키던 피아노가 환호하듯 침묵을 깼다. 아름다운 선율이 부드럽게 집안 곳곳을 채우면 모든 것들이 제 자리에 놓였을 때처럼 편안한 느낌이었다.

몇 년 전 집안에 강한 폭풍우가 예고되었을 때였다. 위협적인 삭풍에 세간이 날아갈지도 모른다는 불안감에 휩싸였다. 피아노를 세종시에 사는 동생 집으로 피난시켰다. 상황이 안정되면 다시 가져오기로 딸에게 약속했다. 그렇게 옮긴 피아노는 어린 조카들에게도 유용했다.

길게 머무르던 폭풍이 지나가고 파도도 잔잔해졌지만, 피아노를 가져오는 것을 서두르지 않았다. 곧 중학생이 될 조카들이 피아노에 관심이 멀어지면 되가져올 생각이었다.

코로나 이후 길게 이어진 불황으로 고전하던 동생이 뒤늦은 소식을 전해왔다. 리조트 사업을 하느라 필리핀을 오가던 동생이 급락한 아파트를 처분했다는 것이다. 학기 중이던 조카들까지 데리고 들어간 상황에 피아노의 행방을 물을 수 없었다. 그렇게 몇 달이 지났다. 딸아이의 갑작스러운 질문을 받고 조심스럽게 피아노의 소재를 확인했다. 다시 값을 치르더라도 찾아 주고 싶었지만, 피아노와 딸아이의 인연이 끝났다는 걸 알았다.

어느 책에서 읽었던 애도哀悼에 관한 내용이 흥미로웠다. 애도의 대상은 사람에만 국한된 것이 아니라는 것이다. 소중히 여기던 물건을 상실하는 것도 이별의 범주에 속하므로 애도 과정이 필요하다고 했다. 애도 작업이 잘 되면 부정적인 감정을 해소하고 새로운 삶의 방향으로 나아갈 수 있다고….

딸아이가 충분한 애도의 시간을 갖기를 기도드린다.

[2025. 6.]

커피를 내리며

핸드드립 커피를 내리는 루틴으로 아침을 시작한 지 오래다. 새로운 하루를 여는 시간, 갓 내린 커피에서 맛보는 행복감이 작지 않다. 간혹 운이 좋은 날엔 커피 향이 가득한 거실에서 저만치 바라보이는 미호강이 기지개를 켜고 일어나는 듯한 풍경을 마주하기도 한다. 하얀 물안개가 고요히 피어오르는 정경에 커피 맛은 배가 된다. 따뜻한 커피가 어우러진 여유로운 아침, 하루라는 그릇에 담긴 시간이 가지런해진다.

"전동 분쇄기를 사지…."

커피콩이 분쇄기에 걸리는 소리를 듣던 남편이 전에 했던 말을 반복한다. 산미가 풍부한 커피를 좋아해서, 약배전 원두를 사용하는 까닭에 수동 분쇄기가 거친 소리를 낼 때가 있다. 충분히 볶은 강배전 원두는 부드럽게 갈리지만, 덜 볶은 커피콩은 손에 힘이 더 들어가야 한다.

전동 그라인더는 버튼 터치 한 번에 부드럽게 원두를 갈아내지만, 맛을 더해주는 무언가가 부족한 느낌이다. 꼭 필요하진 않아도 있으면 좋을 것 같은 요소를 놓치는 듯한….

유행에 둔감해서 새로운 것에 관심이 적은 편이다. 편리한 핸드드립 도구로 바꾸지 않는 이유는 낡거나 익숙한 물건을 쉽게 버리지 못하는 성향 탓도 있지만, 손길을 타고 퍼지는 짙은 향이 후각을 깨우는 순간을 좋아하기 때문이다. 청정한 숲속 풀 내음에 맑은 햇살의 숨결이 더해진 듯한 향기가 코끝을 간지럽힐 때면 마음이 평온해진다.

오래된 시계태엽을 감듯이 수동 분쇄기를 돌릴 때면, 잠시이지만 소풍 전날 밤과 같은 설렘이 동반된다. 드리퍼를 통과하는 커피 분말이 갈색 액체로 떨어지는 동안의 기다림이 행복하다. 작은 수고를 거쳐 얻는 맛에 대한 기대감이 커피의 풍미를 해 줄 것만 같다.

맛있는 커피 얘기를 할 때면 떠오르는 에피소드가 있다. 20여 년 전 딸아이와 함께 이탈리아 베네치아에 갔을 때였다. 예쁜 유리 공예품 가게들이 이어진 골목길을 걷다가 작은 카페에 들어갔다. 커피도 마실 겸 화장실에 들를 목적이었다. 붐비는 관광객들 사이에서 에스프레소를 주문했다. 쌉싸름하고 고소한 풍미가 황홀하게 입안을 감쌌다. 여운처럼 남는 달콤한 뒷맛은 여행의 피로마저 씻어 주었다. 만족스럽게 카페를 나서며 화장실 위치를 물었는데, 예상 밖의 대답이 돌아왔다. 카페에 화장실이 없다는 것이다. 인내심을 발휘하며 산마르코 광장으로 나왔다. 거기엔 유서 깊은 '카페 플로리안'이 있다. 괴테, 마르셀 푸르스트, 찰스 디킨스, 바그너 등 세계사에 빛나는 역사 속 인물들의 유럽 응접 실이었다는 곳이다. 그곳에서 불과 150미터 떨어진 '이 피옴비' 감옥에 수감 중이던 카사노바는 탈옥에 성공한 후, 유유히 모닝 커피를 마시고 갔다고 한다. 우리는 전설적인 그 공간에서 다시 커피를 마셨다.

아이와 함께 맛있는 커피 이야기를 할 때면 늘 같은 결론에 이 른다. 세계적인 문호들이 찾았던 고풍스러운 카페의 커피도 훌륭 했지만, 우리를 당황하게 했던 작은 카페의 에스프레소 맛은 화 장실이 없는 단점을 충분히 상쇄시킬 만큼 일품이었다고.

똑똑 떨어지던 갈색 방울이 소리를 멈췄다. 커피콩이 품고 있 던 자연의 기운을 오롯이 내려놓았다는 신호다. 흰색 머그잔에 커피를 옮겨 담는다. 또다시 밀려오는 충만감을 만끽한다. 오늘 이란 하루가 풀어놓은 선물을 음미하는 시간이다.

[2025. 7.]

4. 소금향기

시간 여행

맑은 햇살이 연일 고운 봄을 빚어내고 있다. 출근길에 나선 가족들을 배웅하고 커피를 내린다. 거실은 어느새 갓 볶은 원두가 풀어놓은 향으로 가득 찼다. 오감을 자극하는 짙은 갈색 액체가 혼자만의 시간을 풍요롭게 한다. 모처럼 맞이한 여유로운 아침이 평화롭다.

뉴스가 끝난 텔레비전을 끄고 CD플레이어 볼륨을 적당히 맞췄다. 기분 탓일까? 귓가를 두드리는 모차르트 교향곡이 경쾌하고도 감미롭다. 커피 향과 어우러진 선율이 잠자던 감각을 부드럽게 깨워놓았다.

그윽한 풍미를 음미하며 스스로와 마주한다. 손에 쥔 커피잔의 온기가 발끝까지 전해진다. 적당히 안온한 이 시간, 창밖으로 보이는 산 능선이 아득하다.

몸과 마음이 느슨함을 반기는데, 분주했던 며칠간의 흔적들이 평온한 시간의 틈을 비집고 들어온다.

'그래, 오늘 하루는 안주인의 손길을 기다리는 집안 곳곳에 애정을 쏟으리라.'

여행은 그렇게 시작되었다. 여기저기 흩어져 방황하는 물건들의 제자리를 찾아 주다 보니, 일상의 시선에서 밀려나 있던 곳까지 손길이 닿았다. 책상 위에 아무렇게나 놓여 있는 우편물을 정리했다. 며칠 전에 받은 생일 축하 카드를 보관하려고 닫혀 있는 책장 문을 열었다.

어두운 책장 속 아래 칸에는 잘 쓰지 않는 물건을 넣어 둔 보관함이 있다. 낡은 종이상자 안에 다양한 물건이 들어 있다. 빛바랜 편지 묶음, 수첩, 만년필 등 한때 내 손에서 전성기를 구가하던 물건이다. 각각의 물체에 담긴 추억의 조각들이 파노라마처럼 펼쳐진다.

회상 속을 넘나드는 가운데 작은 종이상자 하나가 눈에 띄었다. 파란 스카프가 곱게 누워있다. 하늘색 실크 스카프에서 풋풋한 풀 내음이 났다. 가지런히 접힌 스카프를 펼쳐 목에 둘렀다. 부드러운 감촉이 출발 신호를 보낸다. 기억의 레일 위에 선 기차는 어느새 플랫폼을 벗어나 아련한 추억 속으로 질주하기 시작했다.

1980년대 초반, 잎을 떨군 가로수가 쓸쓸해 보이는 가을밤이었다. 까까머리 고교생이 대학생이 되어, 과외수업 아르바이트를 시작했다면서 포장된 상자 하나를 내밀었다. 생애 첫 보수報酬를 받은 기념으로 부모님 내의와 내 선물을 샀다는 말이 심장을 두드렸다. 멋쩍은 표정으로 건네주는 선물을 어색하게 받아 들었다. 수줍은 마음에 붉어진 얼굴을 들키지 않으려고 애썼다.

부끄러운 마음에 한동안 스카프를 두르지 못하고, 옷장 서랍 안에 곱게 접어두었다. 어느 날 대문 앞에서 외출했다가 돌아오시는 엄마와 마주쳤다. 그런데 엄마가 그 스카프를 두르고 계신 게 아닌가! 순간 곱게 단장한 엄마 얼굴은 보이지 않고 나풀거리는 하늘색 스카프만 눈에 들어왔다.

"얘, 옷장에 있길래 예뻐서 한번 해봤다."

환한 엄마의 미소가 굳어버린 내 표정에 부딪혀 흩어졌다.

"엄마, 그거 내가 얼마나 아끼는 건데…."

어안이 벙벙한 듯 서 계시는 엄마를 향해 볼멘소리를 남기고 집으로 들어가 버렸다. 파란 스카프는 엄마에게도 나에게도 선택받지 못하고 한동안 옷장 안을 지켜야 했다.

며칠 후 시내에 볼일이 있어 나갔다. 무심히 즐비한 가게의 쇼윈도를 구경하며 걷다가 멈춰 섰다. 마네킹 목에 걸려있는 예쁜 스카프가 나를 끌어당겼다. 그날 미안함과 서운함이 담긴 표정으로 스카프를 건네주시던 엄마 얼굴이 떠올랐다. 유리문을 밀고 들어가 포장을 부탁했다. 철없던 시절, 속 좁은 행동으로 저지른 불효를 그렇게라도 덜어내고 싶었다. 아직도 간직하고 있는 스카프를 볼 때면, 선물을 받을 때의 감동과 죄송한 마음이 교차하는 양가적 감정에 휩싸이곤 한다.

시간 여행을 마치고 종착역에 닿고 보니 어느새 오후다. 갑자기 젊은 시절 엄마의 모습이 그리워 전화기를 들었다. 여전히 유순하고 여린 심성이 묻어나오는 목소리가 봄 햇살처럼 포근하게 나를 감싼다. 친정집에 갈 때마다 하나라도 더 챙겨주시려는 엄마에게 나는 여전히 채무자 신세다. 엄마에게 그 스카프의 추억은 어떤 색으로 남아있을까.

추억은 지나온 시간 속에서 아련함으로 빛나고, 지금 이 순간 또한 미래의 어느 시간 속에서 그리움의 색채로 남으리라. 오래된 묵향처럼 은은한 향기를 지니고….

여행의 여운으로 충만한 오후, 오늘은 내친김에 풋풋한 추억 속의 그 청년을 위해 좋아하는 짜글이찌개라도 끓여야겠다. 자신의 노동과 맞바꾼 첫 수고비로 고가의 명품과 견줄 수 없는, 파란 하늘빛을 안겨 주었던 남편을 위해서 소주도 한두 병 준비해야겠다.

[2016. 4.]

바다가 시작되는 곳

누굴까? 이런 혜안을 지닌 이가. 메마른 회색빛 도심에 바다의 시원을 들여놓은 심상이 신선하다. 그것도 국내에서 유일하게 바다와 접하지 않은 내륙 도시에….

동네 구경도 할 겸 저녁 산책에 나선 길이었다. 전에 살던 곳에서 멀지 않은 곳으로 이사를 왔는데, 마치 여행지에 와 있는 듯한 느낌이다. 간간이 불어오는 미풍이 저녁 공기를 가르고 있다.

사거리 건널목 앞에서 신호가 바뀌기를 기다렸다. 무심히 주변을 둘러보다가 호기심을 자극하는 글귀를 발견했다. 직사각 맨홀 뚜껑 위편에 '바다의 시작'이라는 다섯 글자가 정자체로 쓰였다. 처음엔 회색 바닥에 있는 생뚱맞은 글씨가 낙서인 줄 알았다. 그런데 흰색 페인트 글자의 여운을 따라가던 내 상상력의 종착지에서 푸른 바다를 마주했다. 종일 이글거리던 땡볕의 열기가 아직 식지 않은 아스팔트 길 위에 하얀 파도가 밀려오는 듯했다.

순간 데페이즈망(dépaysement)이 돋보이는 짧은 문구의 설득력에 매료되었다. 다섯 음절의 예술 작품에서 뿜어 나온 파동이 조용히 마음 문을 두드렸다.

짧은 문구에 곁들여진 그림을 다시 살펴보았다. '바다의 시작'이란 글 앞뒤에 ×자로 표기한 담배 그림이 있다. 맨홀 뚜껑 틈 사이로 버려진 담배꽁초들이 보였다. 메마른 도로에 바다를 펼쳐 놓은 이유가 선명해졌다. 내가 서 있는 땅 밑, 우수와 오수가 지나가는 이곳이 바다가 시작되는 곳이라니….

올해도 위협적인 폭염이 연일 이어지고 있다. 해를 더해 갈수록 기상 이변을 체감한다. 지구 환경 변화를 걱정하면서도 우리의 대처 방안은 능동적이지 못하다. 편리함과 편의성을 좇는 생활에 익숙한 우리에게 지구 환경 문제는 의식과 실천이 따로 노는 것 같다. 바다는 늘 저 멀리에 있다고 생각하는 것처럼.

세계 기후학자들은 말한다. 인류가 기후 위기에 대응할 수 있는 시간이 결코 많이 남지 않았다고. 지구 환경을 되살리기 위한 환경 운동가들의 노력만으로는 역부족이다. 탄소 배출량 줄이기 등 범세계적 움직임이 활발하게 확산하기를 바라는 마음이다.

내가 속한 종교 단체에서도 창조 질서 회복 운동을 하고 있다. 일회용 컵 대신 텀블러 사용하기, 대중교통 이용하기, 가까운 거리 걸어 다니기, 밤 9시에 10분 동안 소등 및 TV 전원 끄고 기도

하기 등이다.

가톨릭의 레지오 마리에 교본을 읽다가 마음에 담았던 내용이 있다. '온 인류는 한 몸을 이루며 그 하나의 몸 안에서 서로 주고 받는다. 생명은 살아 움직이는 것이며 순환해야 한다.'라는.

지구의 모든 생명체는 살아 숨 쉬는 자연의 순환 속에서 자연과 더불어 살아간다. 빗방울이 떨어져 하천을 지나 강물이 되어 바다에 이르고, 순환하는 여정에서 시작과 끝을 어떻게 규정하고 단정할 수 있을까. 어쩌면 우리가 서 있는 모든 곳이 바다가 시작되는 지점이 아닐까.

설거지하는데 주방 창문으로 시원한 바람이 들어온다. 창밖으로 푸른 바다를 마주했던 사거리 건널목이 내려다보인다. 내 작은 행위 하나의 의미를 생각한다. 우리의 작은 실천의 나비효과를 기대하며, 지구 회복을 위한 희망의 날개를 편다.

[2025. 8.]

소금 향기

'비밀입니다. 그동안 수고하신 간병인에게 전해 주십시오.' 또다시 천사의 메시지를 받았다. 경추 골절로 입원하셨던 아버님이 퇴원하시는 날이다. 아버님이 병원에 계시는 동안 가족들은 모두 각각의 사정으로 시간이 여의치 않았다. 형제들과 의논 끝에 간병인의 도움을 받기로 했다. 만만치 않은 병원비와 24시간 간병 비용을 형제들이 나누어 부담하고 있었는데, 그분은 또 별도의 사례금을 보낸 것이다.

그분을 뵐 때면 들꽃을 보는 것처럼 마음이 맑아진다. 드러내지 않고 조용히 이어지는 선행이 주변을 환하게 밝힌다. 서울에 계시지만 아랫녘이 고향이신 그분에게서는 늘 소금 향기가 난다. 나는 때때로 수혜자가 되어 혜택을 누리면서도 변변한 답례도 못한 채 살고 있다.

오래전 어느 해였다. 고향 다녀오는 길에 들르셨다면서 무거운 소금 한 자루를 들고 오셨다. 찐득찐득한 염수가 떨어지는 커다란 마대자루를 보면서 내심 성가신 생각이 들었다. '굵은 소금을 쓸 일이 많지도 않은데, 간수도 덜 빠진 많은 소금을 어떻게 보관해야 하나.' 하는 생각이 앞서서였다. 그런데 선견지명이었을까? 몇 달 후 일본 후쿠시마 원전이 폭발했다. 사고의 여파가 우리나라 해역에까지 미쳤다. 곧 국내산 천일염은 품귀 현상까지 빚어졌다. 존재의 가치를 망각한 채 무심하게 소비했던 소금이 더없이 귀하게 여겨졌다. 소금 항아리를 열 때마다 고마운 마음이 새록새록 올라왔다.

공기업에서 오랫동안 근무하다가 정년 퇴임을 하신 그분에게는 우리 집이 처가妻家이다. 부지런하고 성실한 생활이 몸에 밴 그분은 가끔 다녀가실 때마다 가만히 계시지 않는다. 식사 준비를 하느라 분주히 움직이다 보면 어느새 그분 손에는 분무기가 들려있다. 생기 잃은 식물들 잎이 윤기를 되찾고 미처 내 손길이 미치지 않은 곳에 숨었던 묵은 먼지들이 쫓겨나곤 한다. 처음엔 그런 그분의 행동이 민망하고 당혹스러웠다. 왠지 서툰 살림 솜씨를 들킨 것 같고, 치부를 들춰내는 것만 같아 부끄러웠다. 하지만 한결같은 그분의 인정과 사려 깊은 마음을 알고 난 뒤부터는 자연스럽게 받아들이게 되었다.

어느 일요일 우리 부부가 다니는 성당에 함께 갔을 때였다. 미사 시간이 좀 여유 있었는데 그분이 안 보였다. 잠시 후 밖에 다녀온 남편의 귀띔으로 그분이 성당 주변에서 휴지를 줍고 계신다는 것을 알았다.

몇 년 전 우리 부부는 혼인 30주년 기념으로 유럽 여행을 계획했다. 어렵사리 일정을 맞춰 아이들까지 네 식구가 함께 다녀오기로 했다. 서유럽 4개국을 돌아보는 코스로 스케줄을 짰다. 숙소와 렌터카를 예약하고 항공권까지 준비를 마쳤는데 예기치 않은 상황이 벌어졌다. 가까운 병원에서 담석 제거 시술을 하시던 아버님이 삼성의료원으로 입원하시게 됐다. 여행을 포기하려고 보니 항공권 등 페널티 액수가 만만치 않았다. 남편은 자신이 아버님 곁에 있을 테니 아이들과 셋이 다녀오라고 했다. 그러나 이번 여정은 꼭 남편과 함께 가고 싶었다. 그동안 아이들과 나는 남편의 배려로 유럽 여행을 몇 차례 다녀온 적이 있다. 하지만 사업 때문에 장기간 자리를 비우기 어려웠던 남편에게 온전한 유럽 여행은 이번이 처음이다. 이래저래 불편한 마음으로 갈등하는 우리에게 그분은 또다시 흑기사를 자처했다. 다 같은 자식이니 사위 노릇을 할 기회를 달라는 핑계로 남편 등을 떠밀었다.

오늘 모처럼 방문하신 그분은 손수 제작한 숫돌을 들고 오셨다. 무뎌진 칼이나 가위를 꺼내 놓으라고 하신다. 오랜만에 만난 남편과 시누이의 정담 사이로 소금꽃이 피어나는 소리가 들려왔다. 숫돌에 부딪히는 금속성에서 하얀 결정체가 쏟아지는 듯했다. 세심한 손놀림에서 피어난 순백의 꽃송이가 햇살에 반짝이듯 주위가 환해진다. 작은 알갱이 하나하나에 담겼던 갯내가 집안을 가득 채웠다. 무수한 바다 향기가 생기롭게 다가와 충만함을 안긴다.

소금은 겸손한 성질을 지녔다. 유기물 속에 겸허히 스며들어 자신을 드러내지 않는다. 욕심 없이 자취를 감추고도 오롯하게 존재한다. 그 무엇과도 일치할 수 있지만 주인 행세를 하지 않는다. 맞닿은 존재가 고유성을 잃지 않도록 이타심을 발휘한다. 그렇게 변형 속에서도 본연本然을 간직할 수 있다고 다독인다.

올해 고희를 맞이하신 그분의 삶을 돌이켜 보니 지나온 발자취에 소금 향기가 가득하다. 평범한 일상 안에서 걸어온 이타적인 발걸음이 주변을 환하게 밝히고 있다.

남편의 둘째 매형이 되시는 그분은 우리 가정에도 빛과 소금으로 자리하셨다. 덕분에 가끔 질퍽해지는 내 삶의 뜨락에 볕이 든다. 세태의 오염물이 튄 영혼의 상처가 말끔해지곤 한다.

[2021. 6.]

등대

불현듯 가 보고 싶은 생각이 들었다. 명쾌하게 이유를 설명할 수 없지만, 혼란스러운 국내정세가 개인의 삶에 미치는 영향 탓이라는 핑계를 찾아본다.

그를 만날 목적만으로 길을 나선 적은 없었다. 간혹 지칠 줄 모르는 파도의 춤사위가 그립다거나, 적당히 한산한 풍경을 찾아 나섰다가 묵묵히 서 있는 그를 마주하곤 했다. 매서운 칼바람이 폐부 깊숙이 들어와 상쾌하게 씻어 주는 겨울 바다에서, 광활한 수면에 내리쬐는 햇살에 반짝이는 윤슬을 좇다가 잊었던 친구를 만나듯 해후하곤 했다.

짙푸른 물결이 큰 동선으로 이어지는 동해에서도, 하얀 파도가 잔망스럽게 넘실대던 남해에서도, 황금빛 노을의 후광을 등지고 어스름에 잠기던 서해에서도 그의 모습은 한결같았다. 우직하게 고향을 지키는 지기처럼. 든든한 거수巨帥처럼.

서해안을 향해 달리는 차 안에서 마주하는 하늘이 변화무쌍하다. 잿빛 하늘에 잠겨 있는 구간을 지나자, 하얀 눈발이 휘몰아치는 지역에 들어선다. 진눈깨비가 내리는 곳도 있고, 짙고 엷은 회색 구름층 사이로 여린 겨울 해가 얼굴을 내미는 곳도 있다.

변산반도에 들어섰다. 굽은 해안선을 따라가며 드넓은 바다를 보는 것만으로도 가슴이 트인다. 해안가 암벽에 부딪힌 파도가 장렬하게 산화한다. 하얀 겨울꽃이 피고 지기를 반복한다. 산산이 흩어지는 파도의 꿈이 눈부시다.

철 지난 모래사장이 차분하다. 어린 남매와 거니는 젊은 부부의 모습이 평온해 보인다. 해변 암석 위를 넘나드는 파도가 제 영역을 점점 넓히고 있다. 만조가 가까워지는 시간이다. 채석강을 나와 격포항에 주차했다.

정박한 어선들이 항구에 가득 찼다. 층암절벽을 지나 바닷길을 걷는다. 길게 누운 방파제 끝에 서 있는 그의 모습이 보인다. 뭍과 바다의 어름에서 여전히 제자리를 고수하고 있다.

견고한 콘크리트 블록이 파도를 안았다가 돌려보낸다. 숙명을 넘어서지 못하는 파도의 무모한 도전이 안쓰럽다. 옅은 회색 구름 틈을 뚫고 감빛 햇살이 퍼진다. 스포트라이트처럼 내리쬐는 빛살이 수평선으로 잠수한다. 쏟아지는 광선의 짧은 길이가 저물녘의 때를 예고해 준다. 다가오는 밤 이곳의 풍경을 상상해 본다.

사물의 경계가 허물어진 어둠 속에서 그의 역할이 두드러지리라. 까만 밤 선박과 항공기의 안전한 운항을 이끌기 위해, 뭍에 있는 유사한 빛과 혼돈되지 않도록 온 힘을 쏟으리라. 새벽이 올 때까지 흰색, 주황색, 녹색의 강렬한 불빛으로 뱃길을 밝히리라.

그동안 이곳을 들를 때마다 황홀한 풍경을 만끽하면서도, 그의 노고를 간과했다. 호호 망망한 바다에서 다양한 파고로 넘실대는 우리 삶의 바다를 본다. 인생 여정도 망망대해를 항해하는 것과 닮았다는 생각이 든다. 출항과 귀항을 반복하며 '하루'라는 항구를 드나드는 과정의 합이 우리의 삶이다.

우리에게도 삶의 항로를 밝혀주는 등대가 필요하다. 때로 현상의 미로에 갇혀 갈피를 잡지 못할 때, 본질에 이르는 출구로 안내하는 불빛이….

영혼을 밝히는 등화의 심지를 돋울 수 있는 것들을 떠올려 본다.

[2025. 1.]

새들이 날았다

　친정에 다녀오는 길이었다. 과수원 사잇길을 지날 무렵, 차 창밖 창공에 잿빛 점들이 눈에 띄었다. 헤아릴 수없이 많은 새가 지근거리에서 맴돌고 있었다. 마치 거대한 점묘화가 움직이는 듯했다. 구름 한 점 없는 하늘에서 새들이 공연을 펼치듯이 장관을 연출했다. 새 떼가 점점 더 가까이 다가왔다. 날갯짓에 따라 회색 깃털 사이로 하얀빛이 반짝였다. 길가에 차를 세우고 핸드폰을 꺼내 들었다.

　새들은 직선으로 날아가지 않았다. 거대한 원을 그리면서 비행하다가 활공하고 비상하기를 반복했다. 수많은 날개가 퍼덕이는 소리가 바람 소리처럼 들렸다. 선두 대열이 지상 가까이 다가오면 댓잎을 스치는 바람 소리가 들리는가 하면, 후미에서는 솔바람 소리가 여운을 남기며 흩어졌다. 그렇게 저공과 고공의 비행을 거듭하면서 새들은 점차 서쪽으로 이동했다.

개체와 개체가 어우러진 집합체의 유희가 경이로웠다. 밤하늘의 은하수처럼 셀 수 없이 많은 무리가 일순간의 부딪침도 없이 화려한 군무를 펼쳤다. 저토록 자유롭고 조화롭게 일치할 수 있다니….

함께 있되 자율적인 고도의 비행술이었다. 수많은 날갯짓 사이에 흐르는 기류가 평화롭고 아름다웠다. 개별적이고 전체적인 통일감이 돋보이는 율동이었다. 적당한 간격을 유지하며 하늘을 유영하는 새들의 몸짓이 지극히 아름다운 예술이었다. 한동안 시간 가는 줄 모르고 특별한 공연을 감상했다.

새들이 과수원을 지나 빈 겨울 논에 내려앉기 시작했다. 평화로운 광경을 지켜보는 데 문득 언젠가 맞닥뜨린 아찔했던 순간이 떠올라 잠시 단상 속에 빠져들었다.

지난해 어느 날 영광에 있는 선영先塋에 다녀올 때였다. 서해안 고속도로 줄포 IC를 지날 무렵이었다. 오른쪽 하늘에 거대한 물체가 나타났다. 먹구름인가 싶었는데 까마귀 떼였다. 그렇게 많은 수의 새 떼를 목격한 것은 처음이었다. 형언하기 어려운 큰 무리가 푸른 하늘에 검은 장막을 펼치듯 몰려오고 있었다. 고속 비행으로 고속도로를 횡단하는 새 떼가 위협적으로 느껴졌다. 속도를 늦추지 않고 날아가는 새들이 도로 중앙 분리대에 부딪힐 것만 같았다. 기습적인 근접 비행에 자동차 안이 갑자기 어두워졌다. 검은 비닐이 날아와 정면을 덮어버린 것처럼 앞이 보이지 않았다. 아슬아슬하게 차체車體를 스쳐 지나가는 새 무리로 인해 가슴을 졸이며 운전해야 했다.

적당한 간격은 미학적인 거리이다. 존중과 배려의 공간이다. 사람과 사람 사이에서도 알맞은 거리가 유지될 때, 돈독한 관계가 지속된다. 저마다 지닌 다양한 가치관이 부딪치고 다듬어지는 사유의 시간도 '간격'이라는 영역에서 이루어진다. 각자의 관점에서 서로 다름을 인정하고, 배우고 나누며 관계성을 정립해 나가는 것이다.

아름다운 삶을 향해 함께 나아가는 여정, 각기 고유한 날갯짓이 방해되지 않을 만큼의 거리, 획일적인 간격이 아닌 장단의 유연한 거리가 확보될 때, 평화로운 기류의 흐름에 몸을 맡기고 편안한 날갯짓으로 비상할 수 있으리라. 그렇게 함께 광활한 우주를 유영하는 대열 속에서 고유하고도 자유롭게….

[2025. 3.]

오월의 눈꽃

나이가 든다는 건 생명의 본질에 다가간다는 의미일까? 오늘 새벽녘에 맞닥뜨린 상황은 그 언저리를 설핏 스쳐 지나온 순간이었다. 불현듯 나타났다가 사라졌지만, 제트기가 지나간 하얀 궤적처럼 하루의 첫 장에 흔적을 남겨 놓았다.

지난밤 처음으로 119구급차를 불렀다. 저녁 무렵 집으로 모신 아버님께서 갑자기 호흡곤란 증세를 보이셨다. 당황한 가운데 아버님을 부축하는 동안, 아들은 시동생과 영상 통화를 연결했다. 서울에서 내과 의원을 운영하는 시동생이 아버님의 주치의다. 그의 안내에 따라 구급차가 도착할 때까지, 심호흡을 유도했다.

곧 도착한 구급대원들이 신속하게 움직였다. 코로나19 때문에 구급차엔 보호자가 동승 할 수 없어, 아들과 나는 다른 차로 뒤따라갔다. 이동하는 동안 구급차에서 계속 연락이 왔다. 청주 시내의 병원 응급실은 가용 병실이 없어, 다른 지역의 병원을 찾고 있는데 여의치 않다고 했다. 우여곡절 끝에 세 곳의 병원을 거쳐 대전 성모병원에 도착했다. 아버님은 응급실 한쪽에 별도로 분리된 병실에서 치료를 받으셨다. 발열 증세가 있어 코로나19 바이러스 감염 여부 먼저 확인해야 했다.

검사 결과에 따라 보호자도 2주 정도 격리 치료실에 남아야 한다는 설명을 듣는 순간 당황스러웠다. 아들도 나도 일터에서 자리를 비울 수 없는 상황이다. 새벽 3시가 가까워지는 데 묘안이 떠오르지 않았다. 고민 끝에 시간을 내기 용이한 둘째 시누이에게 도움을 청했다. 아침 일찍 서울에서 출발한다는 형님의 대답에 죄송함과 고마움이 교차했다.

병실은 보호자 한 사람만 있어야 한다. 잠시라도 눈 좀 붙이라고 아들 등을 떠밀어 차로 보냈다. 그런데 난감한 상황이 생겼다. 링거를 맞고 계시던 아버님이 소변 통을 찾으셨다. 간호사가 가져온 플라스틱 통을 건네받는 순간 갈등했다. 아버님은 자존감이 높으신 분이다. 지금까지 한 번도 흐트러진 모습을 뵌 적이 없다. 직장암과 폐암이라는 불청객도 꼿꼿하게 물리치셨다. 암 수술을 받기 위해 입원하신 동안, 둘째 시누이와 장남인 남편이 병실을 지켰다.

아들을 다시 불러야겠다는 생각에 핸드폰을 켜는 순간이었다. 아버님의 단마디가 전광석화처럼 튀어나왔다.

"그 통 이쪽으로 갖고 와라."

깜짝 놀라 고개를 들었을 땐 바지를 내리신 뒤였다. 그곳엔 한결같은 모습으로 집안의 위계질서를 지휘하던 어른 대신 어린 소년이 있었다. 통을 받쳐드리고 고개를 돌렸다. 잠시 복잡 미묘한 감정을 비집고 까닭 모를 슬픔 한 조각이 목울대를 자극했다.

아버님은 푸른 대나무 같은 분이시다. 곧고 높지만 부드럽게 휘어지는 초록색 대나무처럼 강직하지만, 유연한 성품을 지니셨다. 몇 년 전 교통사고로 시어머님이 돌아가신 후, 집으로 오시라는 권유를 마다하시고 지금까지 혼자 지내신다. 가까이 사는 큰시누이와 맏며느리인 내가 틈틈이 드나들며 가사를 도와드리고 있다.

아버님께 전화를 드리고 가면 손수 청소를 해놓으신 뒤다. 준비해 간 반찬을 건네받으시며, 바쁜데 어서 가서 일 보라고 발걸음을 재촉하신다. 내게는 '언니가 다 해놓고 갔다.'라고 손을 못 대게 하시고, 시누이에게는 '큰며느리가 다 했다.'라고 철없는 며느리를 배려하신다.

아버님은 시골 초등학교 교사로 재직하시다, 상경해서 개인 사업을 하시는 여정으로 삶을 사셨다. 내가 존경하는 어른 중의 한 분이신 아버님은, 검소하고 온유한 모습으로 오 남매를 바르게 키우셨다.

유교적 가치관으로 예의범절을 으뜸으로 여기시고, 큰 느티나무처럼 넉넉한 품으로 그늘을 드리우신다. 명절엔 나이 든 자식들과 손자들에게 덕담과 함께 이름 적힌 봉투를 주시고, 부족한 맏며느리의 생일까지 그냥 지나치신 적이 없다. 집안 대소사를 일일이 챙기시면서도 가족들 앞에선 늘 맏며느리의 수고를 치켜세우셨다.

다행히 출근 시간 전에 퇴원 절차를 밟게 됐다. 시동생과 응급의학과 선생님의 통화로 얻게 된 결과였다. 아버님은 폐렴 초기와 과호흡증 진단을 받았다. 손에 든 약봉지의 무게가 가볍지만은 않다. 내가 해야 할 숙제가 더해진 무게이다.

부디 아버님 인생의 고운 노을빛이 먹구름에 가려지지 않기를 기도드린다. 혹여 장난기가 발동한 구름이 훼방을 놓는 순간이 오더라도, 켜켜이 쌓아둔 고마움 한 조각 꺼내어 흔들리는 등잔불 심지를 돋울 수 있기를….

병원을 나선 차가 대전 시내를 통과하고 있다. 차창 밖 풍경을 보시던 아버님께서 '밤사이 눈이 내렸냐?'라고 물으신다. 나도 모르게 눈물이 고였다. 시야가 흐려진 내 눈에도 하얀 이팝나무꽃이 설화雪花처럼 보였다.

"아버님, 이팝나무꽃이 정말 하얀 눈꽃처럼 보이네요."

[2020. 5.]

초록 정원에서

아기 발걸음에 따라 '삑삑' 소리가 난다. 마치 참새가 재잘대는 것처럼 유쾌하게 들린다. 오월 햇살이 내리쬐는 카페 정원을 아장아장 걸어 다니는 녀석을 따라다닌다.

싱그러운 초록 물결 사이로 활짝 핀 작약꽃이 탐스럽다. 아기 얼굴처럼 뽀얀 꽃송이가 은은한 향기를 내뿜는다. 손자 웅이의 달큰한 체취와 어우러진 꽃내음이 묘한 편안함을 안긴다. '평화'라는 명사에 향기가 있다면 바로 이런 향기가 아닐까.

바이러스 감염과 폐렴으로 2주 동안 병실에 있던 손자 웅이가 생명의 기운이 가득한 정원을 누비고 다니는 모습을 보니 감사하기만 하다. 14개월에 접어든 웅이는 병원에서 걸음마를 시작했다. 퇴원 후 걷는 재미에 푹 빠져 주변을 탐색하느라 분주하다. 호기심 가득한 눈망울로 사방을 탐방하는 모습이 사랑스럽다. 저 눈높이에서 보는 세상은 어떤 이미지일까.

주변을 맴돌던 아기가 난관을 만났다. 방부목으로 만들어진 계단 앞에서 걸음을 멈추고 손을 내민다. 두 손을 맞잡고 올라갈 수 있게 도와주었다. 다 올라간 아이는 내려오려고 앙증맞은 손을 다시 내민다. 몇 번 하다가 그만둘 줄 알았는데, 십여 차례 이상 오르내리기를 해도 멈추질 않는다. 나는 살짝 피로감이 느껴졌다. 지칠 줄 모르는 아이는 무한 반복을 할 테세다. 아이의 관심을 돌리려고 가족들이 있는 방향을 가리키자, 거부 의사 표시로 두 손으로 바닥을 짚고 스스로 올라가기 시작한다. 혼자 어떻게 하는지 아이의 반경에서 지켜보았다. 내려올 때는 양손으로 바닥을 짚은 채, 뒤로 다리를 뻗어 먼저 계단의 높이를 가늠했다. 가르쳐주지 않았는데도 아이는 본능적으로 위험성을 줄였다. 대견했다. 한쪽 손을 잡아주자, 내 손을 꼭 쥐고 힘껏 발을 들어 올린다.

지혜로운 행동으로 도전을 멈추지 않는 아이를 보면서 문득 '조나단 리빙스턴'을 떠올렸다. 조나단 리빙스턴은 리차드 버크의 ≪갈매기의 꿈≫ 주인공이다.

관습에 얽매이지 않고 눈에 보이지 않는 완전한 삶의 원리를 이해하기 위해 배움의 날갯짓을 멈추지 않았던 작은 새. 자유롭게 비상하며 한계에 도전하는 것을 마다하지 않았던 한 갈매기의 자유를 향한 무한한 사상思想을 떠올리면, 언제나 가슴이 벅차오르곤 한다.

조나단의 비상은 단지 먹이를 찾는 데 그치지 않았다. 가치 있는 삶의 목적을 찾기 위해 도전하고 배우고 발견했던 조나단은 자신이 체득한 모든 것을 갈매기 떼 전체가 누릴 수 있기를 소망했다. 조나단의 꿈은 어떻게 되었을까.

언젠가 갈매기에 대한 환상이 깨진 적이 있었다. 친구들과 석모도에 들어가는 중이었다. 서해 풍경을 감상하기 위해 갑판에 서 있는데, 갈매기들이 날아들기 시작했다. 사람들이 던져주는 과자를 받아먹으려고 앞다투어 뱃전까지 모여들었다. 순간 고도의 비행술에 감탄하면서도 왠지 서글픈 생각이 들었다. 갈매기의 비상이 더 먼 곳으로 향하기를 바랐다.

조나단의 스승 치앙의 말을 빌려와 손자를 향한 소망을 담아본다. "언제나 사랑을 실천하게나." 더 높이 더 멀리 비상하는 궁극적인 목적이 사랑을 실천하는 데 있다는 명징한 진리를 되새겨본다.

[2025. 6.]

후박나무 꽃향기

종일 맑았던 햇살이 서녘 하늘을 오렌지빛으로 물들일 무렵 핸드폰이 울렸다. 한동안 찾아뵙지 못한 선배 언니였다.

"많이 바쁜 거 아는데 잠깐만 다녀가면 안 될까?"

어차피 저녁 식사 시간은 될 테니 절대 거절할 생각은 말라는 듯, 내 대답을 기다리지도 않고 바로 출발하라고 이르고는 곧 끊어버린다.

가끔 가까운 지인과 함께 방문하면 텃밭에서 직접 가꾼 채소로 맛깔스러운 음식을 차려 놓고, 맛있게 먹는 우리를 친정어머니처럼 흐뭇하게 바라보시는 분이다. 그러잖아도 이맘때가 되면 정원에 가득한 후박나무 꽃향기가 생각나 조만간 찾아뵈려던 참이었다.

잠시 일손을 접고 차에 올랐다. 고운 석양빛이 먼발치에서 뛰어와 반기는 아이처럼 품에 안긴다. 포근한 기운이 조여 있던 감성의 끈을 느슨하게 풀어준다. 따스한 석양의 온기가 잠겨 있던 기억의 방문 하나를 열어 놓은 시간, 어느새 차 안에는 그윽한 꽃향기가 피어오른다.

때로는 무의식중에 나타난 행동이 진심을 전할 때가 있다. 어느 순간 말보다 앞서 나온 몸짓이나 눈빛에서 상대방의 마음을 알아차리는 것이다. 누군가의 마음을 읽는다는 것, 입 밖으로 소리 내지 않은 말을 들을 수 있다는 것을 나는 그 후박나무꽃으로 인해 알게 되었다.

5월이 되면 봄꽃 향기가 넘실대는 그곳을 나는 '시크릿 가든'이라 칭했다. 커다란 나무들에 둘러싸인 그 집은 차가 다니는 큰길에서는 보이지 않는다. 동네 길을 따라 들어가다 보면, 마치 울창한 숲을 지나 만나는 평지처럼 마당에 들어서게 된다. 결혼 후 줄곧 아파트에서 생활해 온 내게 그곳은 참 평온하고 매력적인 공간으로 여겨졌다. 늘 수동적으로 부름을 받고 달려가기 일쑤지만, 나는 그곳을 무척 좋아했다. 문우들과 함께하는 시간도 좋지만, 아기자기한 뜨락을 산책하는 것은 또 다른 즐거움이었다. 계절에 따라 옷을 바꿔 입고 손님을 맞이하는 정원은 언니에게 가족과 다름없는 듯했다.

마을 맨 안쪽에 자리한 그곳은 고즈넉하게 들어앉은 집을 둘러싸고 크고 작은 나무와 화초들이 많다. 커다란 느티나무부터 소나무, 산사나무, 인동초, 으름덩굴 등 작은 동산 같다. 일반 주택의 정원에서 접하기 어려운 없는 수종들이 즐비하다. 꽃을 좋아하는 언니를 위한 가족들의 배려였다. 지금은 활동이 조금 불편할 뿐 건강하지만, 오래전 그곳에 터를 잡을 땐 요양을 위해서였다고 한다. 통영이 고향인 언니를 위해 학창 시절 고향에서 자라던 식물들을 정원 가득히 심어주었다는 것이다.

일찍이 선배 문인들이 예찬해 마지않았던 그 정원 앞뜰엔 마치 임무에 충실한 보초병처럼 거실 창문 앞을 지키고 서 있는 후박나무가 한 그루 있다. 긴 동면에서 깨어난 식물들이 기지개를 켜는 봄이 오면서 유독 내 시선을 끌었던 것은 이 후박나무이다. 거실 창가에 앉아 있으면 맨 앞에서 싱그러운 잎사귀를 흔들며 왠지 이런저런 세상사는 얘기를 들려줄 것만 같은 나무이다. 먼 발치에 있는 느티나무처럼 죽죽 뻗어 제 키를 키우기에만 급급하지 않고, 알맞게 자라난 가지를 옆으로 늘어뜨려 아늑한 그늘을 만들어 주고 있는 모습이 항상 따뜻한 마음으로 우리를 반겨주는 주인의 성품을 닮은 듯하다. 어쩌면 넉넉한 이 후박나무는 달빛이 환한 밤이면 밝은 달빛을 등에 업고 한 걸음 더 가까이 창가에 다가와 혼자 계시는 언니의 좋은 친구가 될 법도 하다. 이슥한 밤 고요한 시간이 되면 유유히 제 그림자를 창문에 드리우고 두런두런 이야기꽃을 피우기도 하리라.

어느 해 봄 그분과 함께 한 행사에 참석하기 위해 들렀을 때였다. 그 후박나무 가지 끝에서 전에 볼 수 없었던 말간 형체가 뽀얀 아기 얼굴처럼 함초롬히 미소를 짓고 있는 것이 아닌가? 처음 보는 꽃이었다. 5월의 맑은 봄 파란 하늘 아래 어른 손바닥처럼 넓고 싱싱한 초록 잎사귀 사이로 드러난 우윳빛 하얀 꽃이 얼마나 곱고 탐스러운지 완숙미를 지닌 여인처럼 기품이 느껴지기까지 했다. 시원하게 뻗어 나온 가지 끝에 고고한 자태로, 하늘로 우뚝 얼굴을 치켜세운 꽃을 지켜보다가 나도 모르게 손을 내밀어 높은 가지를 끌어당겨 코끝에 갖다 대었다. 그런데 마침 옆에 있던 언니가 서슴없이 가지를 잘라 내 손에 쥐어 주셨다. 평소 자연의 이치를 존중하고, 인간과 모든 자연과의 상생의 기쁨을 잘 알고 그런 삶을 즐기시는 분이었기에, 망설임 없는 선배의 행동에 잠시 당황스러웠다. 순간 형언하기 어려운 그 무언가가 내게 들어와 무심히 있던 심지 하나에 불을 붙여 놓았다. 따뜻한 온기가 조용히 퍼져 마음의 귀를 열어주고 있었다.

가끔 집에 들러 차라도 한잔 마시고 나올 때면 이것저것 챙겨 주던 언니의 포근한 사랑이 오롯하게 내게 전해졌다. 향긋한 후박나무꽃에서는 따스한 온기와 함께 푸른빛이 배어 나왔다. 외로움의 빛이었다. 언니는 홀로 감내하는 그 고독의 시간을 체화시켜 사랑을 빚어 나누는 것이라 생각하니 가슴이 뭉클했다.

사랑은 향기처럼 소리 없이 번지는 것이다. 그 소리 없는 사랑이 꽃향기처럼 스며들어 누군가의 가슴을 충만하게 한다. 나눌수록 커지는 것이 사랑이라는 평범한 진리를 새삼 떠올려 보는 순간이었다. 언니에게서 받은 훈훈한 인정을 잔잔하게 퍼지는 후박나무 꽃향기처럼 퍼뜨리면서 살아야 할 텐데….

차창을 투과한 노을빛이 따스하게 가슴에 스며드는 평화로운 해 질 녘이다.

[2019. 5.]

여행길에서

오랫동안 해오던 일을 정리했다. 분주했던 오전 시간이 여유로워졌다. 팽팽히 당긴 고무줄 같던 일상이 조금은 느슨해졌다. 그동안 시선 밖에 밀려나 있던 것들이 보이기 시작한다. 안방 발코니 구석에 홀로 핀 꽃기린이 인사를 한다. 열대 사막이 원산지라는 라는 이유로 물 주기를 소홀히 했던 식물이다. 주인의 무관심에도 아랑곳없이 제 몫을 다하는 생명이 대견하다. 기린 목처럼 길게 뻗은 가지 끝에 붉은 꽃잎을 피워낸 자태가 의연해 보인다. 사계절 내내 한 곳에 놓여 있었으니, 한파와 폭염을 고스란히 겪은 셈이다. 미안한 마음으로 오랫동안 눈 맞춤을 했다. 맑은 햇살 같은 미소를 마주하니 떠오르는 얼굴이 있다. 아마도 오랜만에 안부를 전해 온 그녀의 문자 때문이리라.

그녀를 알게 된 것은 십사 년 전 서유럽 여행길에서였다. 대학생이던 딸아이와 함께 떠났던 첫 유럽 여행이었다. 2주 가까운 일정으로 여덟 개의 도시를 둘러보는 패키지 투어(Package tour)였다. 겨울 방학 시즌이라서인지 자녀들과 동행한 엄마들이 제법 많았다. 그녀는 중고교생 남매와 함께였다.

국경을 넘어 여러 도시를 돌아보는 여정은 차 안에서 보내는 시간이 길었다. 이동하는 동안 가이드는 각 도시의 역사와 문화를 설명해 주기도 하고, 분위기에 걸맞은 음악을 들려주었다. 스위스 국경을 넘어 이탈리아로 들어갈 때는 '로마의 휴일'을 감상했다. 추억의 명화를 감상하며 꼬모(como) 호수를 마주했던 풍경은 낭만적인 감성을 자극했다. '오드리 헵번'의 별장이 있다는 가이드의 설명이 감흥을 더해 주었다.

여정이 중반을 들어서자 함께 하는 여행객들의 면면이 조금씩 보이기 시작했다. 삼대가 함께 온 가족, 뉴욕에서 날아와 합류한 부부, 초등학생 아들을 데리고 온 젊은 엄마, 홀로 홀가분한 여행을 즐기는 중년 여인들과 방학을 만끽하는 대학생들 등이 한데 어우러졌다. 함께 하루를 시작하고 마치는 동안 서먹한 분위기도 조금씩 옅어졌다.

일행 중에서 그녀가 눈에 띄었던 것은 사근사근한 성격 때문이었다. 적당한 체격에 하얗고 둥근 얼굴이 고왔다. 사십 대 초중반쯤으로 보이는 그녀는 생글생글 웃으며 말하는 모습이 인상적이었다. 특유의 경상도 사투리가 친근함을 느끼게 했다. 대구에서 살고 있다는 여인의 말씨가 애교스러웠다. 재치 있는 말솜씨는 때때로 웃음꽃을 안겨주었다. 서양 문화와 역사의 현장에서 느끼는 포만감만큼 쌓이던 여독이, 그녀의 유쾌한 한마디에 덜어지곤 했다.

귀국 하루 전날 밤 그녀의 초대를 받았다. 나를 포함한 네 명의 여인이 한 방에 모였다. 밝고 사교성이 좋은 그녀는 친근한 이웃의 모습으로 말문을 열었다.

"언니들, 이대로 여행을 마치기엔 너무 아쉬워서 이런 자리를 마련했어요. 전 이제 돌아가면 남편의 첫제사를 지낸답니다."

예상치 못한 화두에 우리는 서로 얼굴만 쳐다보았다. 놀란 여인들과 달리 그녀는 여전히 미소를 띤 표정으로 담담히 말을 이어 나갔다.

"공기업에 근무하던 남편이 어느 날 아침에 출근 준비를 하다가 갑자기 쓰러졌어요. 급히 구급차를 불러 병원에 갔지만 끝내 일어나지 못했지요. 나이가 11살 많은 남편에게 저는 철부지나 다름없었어요. 그동안 남편 그늘에서 세상 물정 모르고 살았지요. 그런 배우자가 하루아침에 사라진 현실이 믿기지 않았답니다. 매일 술을 마시지 않고서는 견디기 힘들었어요. 일 년 가까이 그런 모습으로 보내던 어느 날 아이들이 눈에 들어오더군요. 정신이 번쩍 들었어요. 기가 빠진 채 형편없이 위축된 모습에 참담

한 심정이었지요. 곧바로 여행사에 전화를 걸었습니다. 아이들과 함께 파이팅을 할 시간이 필요했어요. 이 여행을 선택하길 잘했다는 생각이 들어요."

독백처럼 그녀는 이야기를 마쳤다. 우수가 깃든 그녀의 얼굴이 더욱 곱게 보였다. 돌아가면 종종 만나자는 제안에 모두 동의했다. 코로나19 팬데믹 몇 년 전까지는 서울과 부산, 청주를 오가며 인연을 이어왔었다.

갑작스러운 사별은 형언할 수 없는 아픔이다. 비탄의 나날에 마침표를 찍을 수 있었던 원동력은 모성애와 책임감이었으리라. 단장斷腸의 고통 속에서 흩어진 감정을 추스르고 일어난 그녀에게서 아름다운 삶의 향기를 느낀다.

예쁘지 않은 꽃이 없다. 온실 속 좋은 환경에서 자라는 꽃들이 곱다. 좁은 바위틈새를 뚫고 올라온 야생화처럼 스스로를 밝히는 꽃은 더욱 빛이 난다. 잿빛 절망을 딛고 화사한 빛을 내뿜는 그녀를 응원하며 꽃기린 앞을 서성인다. '고난의 깊이를 간직하다'라는 꽃말을 지닌 붉은 꽃잎이 햇살처럼 환하다.

[2022. 8.]

5. 이웃

비 오는 날

허리를 굽히지 말아야 했다. 아니, 시선을 아래쪽으로 옮기지 않아야 했다. 적우適雨가 지나간 호혜적인 자연의 풍경에 더 지긋이 머물러야 했을지도 모른다. 바닥을 보지 않았다면 번뇌의 씨앗을 손에 들고 갈등하는 일은 없었을 것이다.

오락가락하던 비가 잦아들었다. 이틀째 걷는 시간을 얻지 못한 몸이 무겁다는 신호를 보낸다. 망설이던 끝에 우산을 들고 집을 나섰다. 흠뻑 내린 비에 몸을 씻은 신록이 말갛고 싱그럽다.

시인의 가슴에 시어를 안겨 주었던 정경도 이런 모습이었을까? '저 봄비가 나뭇잎을 닦아주고 기뻐하는 것을 보라/ 기뻐하며 집으로 돌아가 고이고이 잠드는 것을 보라.' 정호승 시인의 〈나뭇잎을 닦다〉라는 시를 떠올리며 느개 속의 산책을 즐겼다.

며칠 전에 머리를 깎은 잔디가 푸른 향기를 내뿜는다. 서리가 앉은 듯한 희뿌연 별사탕을 매달고 있는 측백나무엔 거미가 세를 들었다. 매끄러운 초록빛 터전에 제집을 마련한 거미 대신 은빛 물방울이 놀고 있다. 이른 저녁에 만나던 푸른 벗들을 오전에 마주하니 풍부한 표정이 정겹다. 늦봄과 초여름이 맞닿은 5월 끝자락이 초록빛으로 생기롭다. 충만한 기운이 내 안으로도 스며든다.

점심 약속이 있는 날이다. 준비하고 나갈 시간을 계산하면서 집을 향해 걸음을 옮겼다. 아파트 단지 안의 나무들이 더욱 말끔해진 모습으로 눈 맞춤을 청한다. 짧은 눈인사를 건네며 서두르는 발길에 작은 물체가 걸렸다. 허리가 접힌 노란 종이에 율곡 선생이 누워 계신다. 본능에 충실한 몸이 손을 먼저 뻗었다. 축축한 지폐를 집어 드는 순간 머릿속이 분주해진다.

'이걸 어떻게 처리해야 할까? 관리실에 갖다주고 방송을 부탁하면 될까? 아니야 오만 원권도 아니고, 오천 원권 한 장의 주인을 찾아달라고 하면 비웃을지도 몰라. 제자리에 그냥 둘까? 지폐의 주인이 잃어버린 것을 확인하고 길을 되짚어 올 수도 있잖아. 그런데 만약 다른 사람이 가져가면 어떡하지? 혹 돈을 분실한 당사자는 오천 원쯤은 대수롭지 않게 여기는 건 아닐까? 요즘은 만원권도 아이들 세뱃돈으로 환영을 받지 못한다는데. 아니지, 돈의 가치는 상대적이잖아. 누군가에겐 껌값에 불과한 액수지만, 다른 누군가에겐 숫자로 잴 수 없는 소중한 가치가 담겨 있을지도 모르잖아. 귀찮은데, 주머니에 넣고 갈까?' 하는 생각까지 해 보지만, 불편한 마음을 오천 원과 맞바꾸고 싶지는 않았다. 개운 찮은 느낌이 내내 따라다닐 것만 같았기 때문이다.

유년 시절에 잠이 들면 동전을 줍는 꿈을 자주 꾸었다. 소꿉친 구들과 뛰어다니며 놀았던 꿈속에서도 내 앞에는 동전이 떨어져 있곤 했다. 할머니께 말씀드리면 '어린아이가 무슨 걱정이 많아 서 근심을 주워 담는 꿈을 꾸느냐.' 하시며 토닥이셨다. 당시의 동심으로는 이해할 수 없었던 꿈 해석이 이 상황에서 떠오르다 니, 할머니의 꿈풀이는 크게 틀리지 않은 듯하다. 꿈의 세계에서 동전의 상징성이 현실 세계에서 돈의 속성으로 이어지는 것을 의 미하는 것일까? 삶의 여정에서 맞닥뜨리는 고민거리의 궁극점 엔, 경제적인 부분이 숨어 있는 경우가 적지 않다. 많으면 많은 대로 적으면 적은 대로, 다양한 형태로 금전의 속성에 닿아 있음 을 부정할 수 없다.

못 본 척 그냥 지나갈 걸 괜한 짓을 한 것 같다. 뒤늦은 후회를 하면서 주위를 살폈다. 십여 미터 앞에서 한 여자아이가 두리번 거리며 걸어오고 있었다.

대여섯 살쯤으로 보이는 아이의 양쪽 손에는 접은 우산과 핸드 폰이 각각 들려있다. 우산으로 툭툭 바닥을 치면서도 핸드폰과 땅바닥을 번갈아 보느라 고갯짓이 바쁘다. 뭔가를 찾는 기색이 역력하다. 반가운 마음이 앞섰다. 갈팡질팡하는 이 순간을 벗어나게 도와줄 해결사가 분명해 보였다. 마치 오래도록 소식이 불통이던 친구가 갑자기 눈앞에 나타난 것처럼 감사하게 여겨졌다. 아이 앞에 다가가 지폐를 내밀었다.

"혹시 이걸 찾고 있니?"

말이 채 끝나기도 전에 작은 손을 내밀며 고개를 끄떡인다. 내 손끝에 무겁게 매달려 있던 종잇장이 가볍게 아이 손에 안긴다. 엉거주춤하게 멈춰 있던 손이 자유로워졌다. 무거운 짐을 내려놓은 손이 편안해졌다. 체중이 내려간 것처럼 가슴이 후련하다.

어느새 아이는 인사를 나눌 겨를도 없이 저만치 가고 있다. 여전히 핸드폰에 시선을 고정한 채 걸어가는 아이의 뒷모습이 작은 의구심을 불러일으킨다. '지폐가 주인을 잘 찾아간 거 맞겠지?' 부질없는 노파심이 고개를 들다가 수그러든다. 돈과 근심이 불가분의 관계라는 말을 증명이라도 하듯이.

소리 없이 내리는 는개가 부드럽게 나무들을 어루만진다. 싱그러운 잎새들의 미소가 편안하다. 조용히 번지는 초록 물결에 마음 한 자락 정갈하게 헹구어 본다.

[2023. 6.]

곡선의 말맛

　외출에서 돌아온 남편이 아파트 관리실에 알려야겠다며 전화부터 했다. 곁에서 들으니 '에어컨이 고장 난 승강기 안의 게시판을 한 번 봐 달라'는 내용이었다. 의아해하는 내게 들려주는 남편의 얘기에 터져 나오는 폭소를 참을 수 없었다. 한바탕 웃음이 무채색의 공간을 밝은 빛으로 채웠다. 곡선으로 날아가 과녁에 명중한 언어유희가 유쾌했다. 덕분에 웃음꽃이 곁들여진 저녁 식탁이 풍요로웠다.

　올여름 더위는 가히 기록적이라 할만했다. 9월 중순이 지나도록 불볕더위가 뭉그적거렸다. 연일 기세등등한 폭염 때문에 냉방장치를 사용하지 않고서는 견디기 힘들었다. 문명의 이기에 길든 육신은 폭서에 무력했다. 현관문을 나서기가 무섭게 온몸의 땀샘이 열리는 것 같았다.

　언제부터인가 한쪽 승강기의 에어컨이 작동하지 않았다. 엘리베이터를 타면 후덥지근한 공기가 금세 온몸을 휘감았다. 35층을 오르내리는 2~3분이 길게 느껴지곤 했다. 며칠 뒤 승강기 안의 게시판에 '에어컨 수리 중'이라는 안내문이 한 장 끼워졌다. 외출할 때면 '이젠 정상 가동을 하겠지' 하는 기대로 탔다가 이내 손부채를 부치기 일쑤였다. 엘리베이터 안에서 이웃들을 만나면 '오래도록 에어컨 수리가 안 되는 걸 보니 AS 신청이 밀려 있나 보다.'라는 말을 주고받으며, 시원한 냉기가 나오는 날을 기다렸다. 그렇게 한동안 에어컨은 제구실을 못 했고, 게시판의 안내문도 제자리를 지키고 있었다. 그런데 그 안내문 여백에 누군가 촌철살인에 가까운 한마디를 써놓은 것이다.

'여름 다 끝나야 고치겠슈!'

이렇듯 유쾌하게 나무랄 수 있다니, 아프지 않게 때린 회초리 같았다. 막혔던 배수구가 뚫린 것처럼 시원한 느낌이었다. 주민들의 불편한 마음을 재치 있게 대변한 조크가 통쾌했다. 단순명료하게 정곡을 찌른 문장에서 마음의 여유가 느껴졌다. 누군지 분명 온유한 성품을 지닌 이웃이리라. 그의 해학적 위트에 찬사를 보냈다.

언어에도 선線이 있다. 직선처럼 곧고 강한 어감의 직설화법이 있는가 하면, 곡선으로 부드럽게 흘러 감성을 흔드는 간접화법이 있다. 거두절미한 필설이 필요할 때도 있지만, 마음을 헤아리는 사려 깊은 언사가 효과적일 때가 있다. 배려가 담긴 말은 물처럼 부드럽게 곡선으로 흘러 마음을 파고든다. 유연한 곡선의 언어는 바위를 돌아 흐르는 계곡물처럼 여유롭게 목적지에 이른다.

능수능란한 언변 실력을 갖춘 사람들이 많다. 말솜씨가 부족한 나는 유창한 화술보다 말맛이 부드러운 사람이 좋다. 상대에 대한 배려가 느껴지는 말이 마음을 끌어당긴다. 곡선처럼 유연한 언어에는 사유의 공간이 있다. 그 행간에 담긴 의미를 음미하는 시간 속에서 인정의 기미를 읽을 수 있다.

웃음의 여운 사이로 핸드폰 벨 소리가 울렸다. 밝은 소성^{笑聲}이 먼저 새어 나왔다. 관리실 직원들이 승강기 게시판에서 예의 글을 확인한 모양이다. 대화를 주고받는 기류의 흐름이 편안했다.

웃음에 씻긴 마음자리가 상쾌했다. 이름 모를 이웃이 남긴 한마디가 웃음꽃 바람을 불러왔다. 시원한 미풍에 해거름 녘이 더없이 충만했다.

[2024. 10.]

엘리베이터에서

"어! 나 아줌마 아는데…."

아파트 입구에서 만난 한 아이가 반가운 표정으로 아는 척을 한다. 나도 녀석을 금방 알아봤다. 며칠 전 공명共鳴을 일으키는 화법을 가르쳐 준 꼬마 스승을.

젊은 부부들이 많은 아파트에 살다 보니 어린이들을 제법 많이 만난다. 저출산이 사회적 과제로 회자하는 요즈음, 오가는 길에 아이들을 만나면 봄꽃을 마주할 때처럼 싱그러움을 느낀다. 핸드폰으로 누군가와 불평을 쏟아 놓는 아이도, 엄마 곁에서 떼를 쓰는 아이까지도 모두 꽃처럼 예쁘기만 하다.

수필 창작 강의가 있는 월요일이면 마음이 분주해진다. 내 차로 함께 이동하는 문우들이 추운 거리에서 오래 서 있는 건 아닐까 하는 염려가 조바심을 부추긴다. 아침 일찍부터 서두르는데도 두 분이 기다리실 때가 많다. 출발이 늦은 날은 엘리베이터도 유난히 자주 멈추고, 아파트 단지를 빠져나오는 출근 차량의 꼬리도 더욱 길게 느껴진다.

그날은 통화하느라 조금 늦게 집을 나섰다. 35층에서 내려가던 승강기가 18층에서 멈췄다. 문이 열렸지만, 타려는 사람이 보이지 않았다. 대부분 집에서 나올 때, 엘리베이터 호출 버튼을 누르고 나온다. 그래서 먼저 도착한 엘리베이터가 사람을 기다릴 때가 종종 있다. 문이 닫히지 않도록 열림 버튼을 누르면서도 마음은 바빴다. '옆에 다른 승강기도 있으니 그냥 내려갈까?' 망설이는 사이 현관문 여닫는 소리가 들렸다. 하늘색 파카를 입은 한 사내아이가 모습을 드러냈다. 조급한 내 마음과 달리 아이의 발걸음은 여유롭기만 했다.

"안녕하세요? 기다려 주셔서 감사합니다."

뜻밖이었다. 자연스러운 인사로 받아들일 수도 있지만, 상황에 걸맞은 예의 바른 꼬마의 태도가 기특했다. 아이를 칭찬하면서 잠시 대화를 나누었다. 초등학교 2학년생이었다. 짧게 주고받은 몇 마디에서 긍정적인 아이의 인성이 느껴졌다.

"이렇게 인사를 잘하는 걸 보니 공부도 잘하겠구나?"

순간 아이가 머뭇거리며 고개를 숙였다. 아차! 싶었다. 덕담으로 건넨 인사였는데, 대답하기 곤란한 질문이 된 듯했다. 괜스레 아이의 자존심을 상하게 한 것 같아 미안했다. 잠시 후 엘리베이터가 지상층에 멈췄다. 주춤거리며 내리던 아이가 문득 뒤를 돌아보았다. 그리고 특유의 여유로운 어조로 말했다.

"그런데 저, 공부는 좀 못 해요. 엄마가 맨날 공부 좀 잘하라고 말씀하세요."

나도 모르게 웃음이 나왔다. 엘리베이터 문이 닫히기 전에 빠르게 응답해 주었다.

"괜찮아. 앞으로 넌 뭐든지 잘할 것 같아 분명히…."

수줍은 듯 발그레한 볼에 환한 미소가 번졌다. 밝은 표정을 지으며 손을 흔드는 모습이 사랑스러웠다. 아이가 남긴 고백의 여운이 내 안에 청량제처럼 퍼졌다.

인간의 관계성은 질의와 응답을 바탕으로 이루어진다. 세상에 태어난 아기도 처음 접하는 모든 사물을 부모와 함께 묻고 응답하는 과정에서 성장하고 나아간다. 가족관계에서도 사회생활 관계망 안에서도 우리의 일상은 질문과 응답으로 점철된다.

가끔 예상치 못한 질문에, 명쾌하게 대답하지 못해서 마음이 불편할 때가 있다.

나는 전라남도 해남에서 태어났다. 자의식이 형성되기 전에 부모님 품에 안겨 제주도로 건너갔다가, 초등학교에 입학할 무렵 다시 해남으로 돌아왔다. 그리고 중학교 1학년 때 서울로 이사를 하고 30대 중반까지 살았다. 청주에서 생활한 지 30년이 됐다.

오래전 한 지인이 불쑥 고향을 물었다. 특정 지역에 대한 편견을 내비치던 말미에 받은 질문이라 대답을 망설였다. 그는 지역적인 특성이 없는 내 어투에 속단한 듯했다.

"설마 전라도는 아니죠?"라는 물음으로 답을 재촉했다. 불필요한 요소로 인해 좋은 관계가 어색해질까 봐 얼버무리듯 농담으로 받아넘겼다. 하지만 한동안 그를 볼 때면 마음 한편이 불편했다. 그의 편견 앞에 당당하지 못했던 자신이 비겁하게 느껴졌다.

질문의 질質은 '진실', '바탕'을 뜻한다고 한다. 즉 질문은 사물과 현상의 본질과 진실을 묻는 것이다. 아이는 마치 언어의 본질을 체득한 사람처럼 솔직한 대답으로 자신의 불편한 감정을 털어버렸다. 자존심과 결부된 곤란한 우문愚問에 정직한 현답賢答으로 타성에 젖은 나를 일깨워주었다. 진솔함은 불필요한 감정을 털어버리는 수단이 된다고.

맑고 가벼운 마음으로 사는 법을 어린아이에게서 배웠다. 마음 그릇의 불순물을 걷어내는 지혜를 가르쳐 준 그 꼬마가 훌륭한 스승이었다.

[2024. 3.]

이웃

'누굴까?' 저녁 무렵 인터폰 벨 소리가 울렸다. 식구들은 모두 비밀번호를 누르고 들어온다. 택배기사도 현관문 앞에 물건을 놓고 간다는 메시지로 대신하는데….

문을 열어보니 젊은 여인이 밝게 웃으며 쇼핑백 하나를 내밀었다.

"윗집이에요. 약과인데 좀 드셔보세요. 지난번에 해 주신 말씀이 감사해서요."

얼굴을 보니 언젠가 엘리베이터 안에서 인사를 나누었던 기억이 떠올랐다. 35층 버튼을 누르는 나를 향해 조심스레 말을 걸어왔다.

"저희 아래층 사시네요. 너무 시끄럽죠? 아이가 자주 소란을 피워서 죄송해요."

"괜찮아요. 저도 아이들 키워 본 사람인데요. 걱정하지 말고 아이와 좋은 시간 보내세요."

승강기 안에서 나누었던 짧은 대화였지만 적잖은 안도감이 나를 감쌌다. 내 부정적인 상상력이 마침표를 찍었던 순간이었다. '이런 엄마라면 분명 아이는 건강하게 잘 자라고 있을 거야.'

언제부터인가 자정 무렵이면 아이 울음소리가 크게 들리곤 했다. 늦은 밤 경기驚氣를 일으킬 것 같은 울음은 쉽게 그치지 않았다. 갓난아이 같지는 않고 네댓 살 정도로 짐작되는 아이 울음이었다. '저렇게 오랜 시간을 울어도 괜찮은 걸까?' 하는 마음에 아이의 상태가 염려될 정도였다. 수면 장애를 겪는 나는 가끔은 새벽까지 이어지는 소리에 뒤척이다가 다른 방으로 옮겨 다닌 적도 있었다. 심상치 않은 울음소리가 내 불면증에 무게를 더했지만 불편함보다 불안한 마음이 더 컸다. 처음 몇 번은 몸이 아픈 아이가 보채나보다 생각했다. 그런데 어느 날 밤은 유난히 자지러지는 듯한 아이의 울음소리에 온갖 부정적인 상황들이 떠올랐다. 단순한 울음소리가 아니었다. 갑자기 뉴스에서 접했던 사건들이 꼬리를 물고 올라왔다.

아동학대를 다룬 근래의 기사들은 믿기지 않을 만큼 충격적이었다. 끔찍한 사건들은 가상의 공간에서 벌어지는 일처럼 비현실적으로 느껴졌다. 어린이집이나 유치원에서는 물론이고, 가장 안전해야 할 집에서조차 아이들은 보호를 받지 못했다. 존재 이유만으로도 충분한 사랑을 받아야 할 아이들이 영문도 모른 채 스러져 간 것이다.

'아파트 관리실에 전화라도 한 번 해볼까?' 층간 소음의 불편 호소가 아니라 노파심이 앞서서였다. 하지만 섣불리 판단이 서질 않았다. 두 개의 추가 올려진 마음의 저울이 좌우로 기울다가 평형을 이루고 있었다. 혹여 어린아이가 자신의 불행한 처지를 울음으로 사인을 보내고 있는 것은 아닌지, 또는 몸이 불편한 아이를 둔 부부가 힘든 육아 시기를 보내고 있는 것은 아닌지, 여간 신경이 쓰이는 게 아니었다. 차라리 쿵쿵거리며 뛰어노는 소리라도 들리면 마음이 놓일 것 같았다.

우리 아이들은 태어날 때부터 줄곧 아파트에서 자랐다. 아직도 생생한 옛 기억이 하나 있어, 자연스러운 아이들의 소란 정도는 관대한 편이다. 남매가 유난스러운 건 아니었지만 아이들은 아이들이었다. 이웃에 대한 배려를 가르치면, 까치발을 들고 다니다가도 어느새 천진난만한 모습으로 뛰어다니곤 했다. 어느 해 아파트에서 주택으로 이사를 하신 시댁에 갔는데, 신발을 벗자마자 거실로 뛰어가던 아들이 소리쳤다.

"와! 신난다. 이젠 뛰어도 된다."

순간 마음이 짠했다. 집에서 맘껏 뛰놀지 못하는 아이들의 스트레스를 가늠할 수 있었다.

어른들의 수다가 길었는지, 엄마 등 뒤에 숨었던 사내아이가 장난스러운 표정으로 고개를 내민다. 눈을 맞추고 미소를 보내니 맑은 웃음을 날리며 얼른 숨는다. 참 다행이다. 구박을 받고 자라는 모습도 아니고 몸이 불편해 보이지도 않았다. 건강한 아이의 모습을 대하니 굳이 늦은 밤 우는 이유를 묻지 않아도 될 것 같다.

"우리 집은 비어 있는 시간이 많으니 염려 말고 아이 건강하게 잘 돌보세요."

진심이었다. 어느새 성인이 되어버린 자식들을 보면, 세상을 향해 한 발씩 나아가는 모습을 지켜보았던 지나온 시간이 그 무엇과도 견줄 수 없는 귀한 선물이었다.

"이해해 주셔서 고맙습니다. 그런데 어쩌죠? 머지않아 또 한 녀석이 가세할 것 같아요."

그녀의 대답이 내 시선을 이끌었다. 헐렁한 원피스에 가려진 여인의 배가 볼록하다. 햇살에 빛나는 신록의 이슬처럼 맑고 푸른 생명의 기운이 느껴지는 듯하다.

"정말 괜찮아요. 맘 편히 순산하고 예쁜 아이들과 행복한 시간을 많이 비축하세요."

그녀를 배웅하고 돌아서는데 기분이 야릇하다. 오래전 내가 먼저 지나온 길을 누군가 지금 걷고 있다. 현재 서 있는 길, 그 시간이 얼마나 빛나는 시간인지, 원석原石을 품에 지닌 오늘이 얼마나 가치 있는 때인지 그녀가 알아채면 좋겠다.

나도 마음의 준비를 해야겠다. 광활한 우주에 내려와 이웃이란 텃밭에 자리할 귀한 인연을 맞이할 채비를 해야겠다. 고귀한 생명이 움트고 맘껏 기지개를 켜는 소리를 즐길 수 있도록 벼려진 마음을 다독여야겠다.

[2022. 12.]

말 한마디에서

언어의 여운은 길이가 얼마나 될까? 짧은 말마디는 얼마만큼의 풍경을 담을 수 있을까? 낯선 이가 건넨 가벼운 인사가 오랜 울림을 준다. 그의 언어는 시詩처럼 다가왔다. 순수한 어감이 내 안에 잔잔한 파문을 일으켰다. 통속적인 한 마디가 빛바랜 앨범 속의 흑백사진처럼 아련한 정경을 떠올려 놓았다. 평범한 일상 용어의 그 무엇이 나를 타임머신에 앉혀 놓았을까?

어느 해 이른 봄 친구와 함께 태안에 갔을 때였다. SNS에서 발견한 장소를 찾아가는 길이었다. 작은 어촌 마을이 고적했다. 침식과 풍화작용으로 불완전한 해안 길은 끊겼다가 이어지기도 했다. 바닷바람이 조금 거칠었다. 해풍을 달래듯이 봄볕은 제법 따사로웠다. 물이 빠진 갯벌에서는 봄의 기척이 느껴졌다. '탁탁 톡톡…' 꽃망울이 터지듯 여린 음률이 봄을 알리는 서곡처럼 감미롭게 들렸다. 조용히 퍼지는 소리에 기지개를 켜는 작은 생명체들이 보이는 듯했다. 포근한 햇살의 간지럽힘에 부스스 일어나는 모습을 상상하니, 쓸쓸하던 해안가에 생기가 감돌았다. 고즈넉한 정취를 감상하며 걷는데 앞에서 인기척이 느껴졌다. 길과 길섶의 경계가 모호한 곳에 사람들이 둘러앉아 있었다. 차림새로 보아 근처에서 작업을 하던 인부들 같았다. 인적이 뜸해서인지 길바닥에서 식사하는 중이었다. 우리가 발길을 돌리지 않는다면, 의도치 않게 그들의 식사를 방해하는 결례를 범하게 되었다. 지나가도 괜찮다면서 한두 분이 자리를 비켜 앉았다. 미안한 마음에 고개를 숙이자 펼쳐진 도시락들이 눈에 들어왔다. 소박한 음식이 아기자기하게 담겨 있었다. 가족의 마음과 손길이 담긴 찬선이 한눈에 보였다. 고된 노동을 달래줄 소찬에서 경건함이 느껴졌다. 조심스럽게 그들 곁을 지나려는 순간 담백한 어조의 인사말이 들렸다.

"식사 좀 하세요."

익숙하고도 낯선 인사였다. 음식점이 즐비한 관광지에서 호객하는 음성이 아니었다. 몸에 밴 습성처럼 자연스러운 권유였다. 예사로운 말이 신선하게 다가왔다. 새벽녘 여명을 밝히는 교회 종소리처럼 정결한 소리가 내 안에 여울졌다. 순박한 말씨가 아득한 추억 속으로 나를 이끌었다.

유년 시절의 식사 문화는 요즘과 달랐다. 건강을 위해 맛과 영양의 균형을 이룬 식단과는 거리가 멀었다. 음식은 끼니를 해결하는 목적이 우선이었다. 어른들이 주고받는 인사도 주로 '식사하셨어요?'였다. 어려운 시대를 건너오면서 궁핍을 겪었던 세대는 서로의 끼니를 염려하며 인정을 나누었다. 용무가 있거나 마실을 나가더라도 밥때를 피하는 것이 예의였다. 또한 끼니때 찾아온 손님에게 식사를 대접하는 것은 당연한 미덕이었다. 특별한 메뉴가 아니어도 별식이라 여기면 위 아랫집과 나누며 정을 돈독히 했다.

칠 남매를 두신 할머니는 막내아들인 작은아버지와 함께 고향을 지키며 사셨다. 넉넉지 않은 살림으로 집안을 이끄셨던 할머니는 식사 준비를 하는 숙모에게 여분의 밥을 당부하시곤 했다. 객지에 나가 있는 자식들이 배를 곯지 않기를 바라는 염원과, 행여 기별 없이 집에 오는 식솔들을 위한 예비였으리라. 그렇게 남은 밥은 불쑥 찾아온 행상에게 요긴한 식사가 되었다. 때로는 대충 끼니를 때우고 나온 기미가 역력한 혼자 계신 어른의 몫이 되기도 했다.

어느 저녁 무렵이었다. 작은어머니는 부엌 천장에 매달려 있는 석작(가는 대오리를 걸어 만든 네모꼴 상자)에서 미리 끓여 놓은 보리쌀을 가마솥에 넣으셨다.

"보리쌀을 더 씻어서 끓여야 할까?"

양이 부족한 듯 잠시 망설이시던 숙모는 그대로 밥을 안쳤다. 할머니를 위해 한 움큼의 흰쌀이 가마솥에 넣어졌다. 나는 아궁이에 불을 지피는 것으로 일손을 도왔다. 대청마루에 상이 차려지고 식구들이 밥상에 앉았다. 그때 한 여인이 보따리를 머리에 인 채 마당으로 들어섰다. 나도 모르게 숙모에게로 먼저 눈길이 갔다. 솥에 남아있는 건 숭늉이 전부였다. 늘 그렇듯이 할머니는 식사부터 권하셨다. 내심 그 여인이 끼니를 해결했기를 바랐다. '요기는 했으니 물이나 좀 달라'는 여인의 대답을 할머니께서 곧이들을 리 만무했다. 잠시 당황한 기색을 보이시던 숙모는 자리를 내어주고 부엌으로 가셨다. 할머니께서는 조용히 내게 물으시더니 아랫집에 혹시 남은 밥이 있는지 다녀오라고 이르셨다. 추억이란 책갈피에 간직된 저녁 어스름의 한 풍경이다.

부족한 생활 형편을 넉넉한 마음으로 채웠던 그 시절, 상대방의 처지를 헤아리고 배려했던 어른들의 모습을 떠올리면 마음이 따뜻해진다. 궁핍했던 시절이 훈훈하게 기억되는 것은 '인정人情' 때문이리라. 사람이 본디 지닌 감정이나 심정이 인정이라니, 인간의 고유한 품성이다. 타인의 짧은 인사가 긴 여운으로 남아있는 것도 말씨에 배어 있는 인정의 기미 때문이리라.

새로운 문화와 언어의 풍요 속에서 오늘이란 길을 걷고 있다. 편의와 새로움을 좇는 삶 속에서 놓치는 것은 없는지, 소중한 가치를 망각한 채 시류에 휩쓸려 흘러가고 있는 건 아닌지 잠시 걸음을 멈추어 본다.

 길에서 마주한 인문학, 말 한마디의 향취가 짙다.

[2022. 6.]

등잔 밑을 걷다

'등잔 밑이 어둡다'라는 말을 실감했다. 명색이 가톨릭 신자인데도, 집 근처에 있는 유서 깊은 장소를 잘 알지 못한 채 20여 년을 살았다. 근래에 글 한 편 쓰기 위해 자료를 수집하면서 이 지역의 내력을 새롭게 알게 되었다. 한 번쯤 지나쳤을 것 같은 동네에 100여 년의 역사를 간직한 공소가 있다는 사실을.

'공소'는 주임신부가 상주하지 않고 순회하는 구역의 천주교공동체, 천주교 건축물을 일컫는다. 2007년에 발행된 《지게바위공소 100年史》를 본 것이 내가 등잔 밑을 살피게 된 계기이다.

바람에 실려 온 씨앗처럼 맨땅에 안착하고, 알찬 결실을 거두어 온 마을 사람들의 서사가 마음을 사로잡았다. 역사의 격동기를 한마음으로 이겨낸 공동체의 모습이 아름다웠다. 이념과 갈등에 휩싸이지 않고, 휴머니즘을 잃지 않았던 선조들의 삶이 가슴 뭉클하게 다가왔다.

절정에 달한 칠월 하순의 더위가 위협적이다. 뜨거운 햇살에도 제 빛깔을 잃지 않은 초목이 푸르다. 들판 사이로 난 갈래 길을 서행하며 풍경을 즐기다 보니, 불쑥 나타난 석비石碑가 앞을 가로막듯이 나타났다. 연회색 암석에 새겨진 '지게바위'라는 지명이 정겹다. 마을 유래비 뒤편에 보이는 종탑이 내가 찾는 곳의 위치를 알려 준다. 굽은 길을 따라 올라가 길가에 차를 세웠다. 선인들의 발자취를 더듬으며 가파른 길을 걸어 올라갔다. 적당히 넓은 평지에 파란 지붕을 이고 있는 흰색 건물이 자리하고 있다.

서쪽 뜨락의 아름드리 느티나무엔 태양이 걸터앉았다. 무성히 자란 잡풀 위로 갈색 종탑이 묵묵히 자리를 지키고 있다. 소리를 잊은 지 오랜 종의 외로움을 달래듯이 한 무리의 새소리가 적요를 깨트린다. 동남쪽 푸른 들 너머로 보이는 시내 전경이 과거에서 미래를 바라보는 것 같은 착각을 불러일으킨다. 넓은 들판과 잡목에 가려진 미호강 대신 논밭의 초록 물결이 편안하게 흐른다. 100여 년 전 이곳의 풍경을 상상해 본다.

사람들이 살기 전의 이곳은 갯벌이었다고 전해진다. 19세기 말엽에 한 부부가 천주교 박해를 피해 정착하면서 마을이 형성되었다고 기록되어 있는데, 마을 유래비의 내용과 대동소이하다. '지게바위'라는 동네 이름은 '지기암支機岩'이 변형된 지명이라는데, 지게가 땅을 받쳐주고 있는 지형에서 비롯되었다는 설이 있고,

실제 지게 모양의 바위가 있었는데 부서졌다는 이야기도 있다.

'박찬생 이냐시오'라는 선교사가 이곳에 신앙의 씨앗을 뿌렸다고 기록되어 있다. 충남 공주 태생으로 천주교 교리와 한학을 가르친 그의 영향으로 마을 사람 대부분이 신앙생활을 하게 되었다고 한다. 시대의 변화에 따라 이제 이곳에서는 미사를 거행하지 않는다. 주일이 되면 신자들은 인근의 오창 성당에서 미사 참례를 한다. 혹시나 하는 마음에 공소 출입문을 열어보았다. 뜻밖에도 문이 잠기지 않았다. 고요한 경당이 곧 침잠의 세계로 이끌 것만 같다. 정적만이 차지한 자리에 앉아 잠시 묵상했다.

언덕을 내려와 확인하고 싶었던 곳을 찾아보았다. 마을 앞에 흐르는 개울을 따라가다 보니 곧 미호천과 합류하는 지점이 나온다. '여기가 바로 그곳일까?' 동족상잔의 비극이 한창이던 6·25 때, 피난을 떠나지 않고 남았던 마을 사람들은 불안에 떨면서 함께 대책을 강구했다. 여러 궁리 끝에 지게바위 수문을 열어 물을 빼고 그 안으로 들어가자는 결론을 얻었다. 후덥지근한 여름, 천장에서 물방울이 뚝뚝 떨어지는 다습한 공간에서 숨죽이며 밤을 지새웠다. 지척에서 들리는 대포 소리와 기관총 소리에 가슴 졸이면서도 그들은 희망적인 말로 서로를 격려하며 기도했다. 다행히 위기의 순간을 무사히 넘겼다는데, 답답한 수문 안에서의 그 시간을 상상하는 것만으로도 가슴이 아릿하고 숙연해진다.

전쟁이 끝난 후, 지게바위 사람들은 다시 제자리로 돌아왔다. 회고담을 기록한 내용이 놀라웠다. 동네 주민 중에 우여곡절을 겪으며 구사일생으로 살아남은 사람이 많아도 전쟁으로 희생된 사람이 없었다. 당시 20여 명의 마을 청년들이 있었는데, 군대에 간 이들도 무사히 돌아오고, 인민 의용군에 끌려간 사람이 없었다고 한다. 또한 미처 피난을 가지 못한 청년들을 포전圃田에 숨게 하고 보호했다. 동네 아낙들이 밭에 일하러 가는 척하면서 광주리에 밥을 숨겨 끼니를 해결하는 기지를 발휘한 것이다. 험난한 시대 상황 속에서도 일치된 모습으로 서로를 지켜온 선조들의 삶이 경외심을 불러일으킨다. 신의 가르침이 일상으로 녹아들었던 그들의 신앙생활은 풍요로운 결실로 이어졌다. 지게바위공소 공동체 가족들이 배출한 성직자가 이십여 명에 가까웠다.

조물주의 관점에서 인간은 철부지와 같은 존재가 아닐는지. 어린아이가 부모에게 의지하고 매달리듯이, 절대자를 신뢰하고 간구하는 모습을 외면할 수 없었던 신의 자비가 그들을 지켰으리라. 감히 생각해 본다.

선조들의 숨결이 배어 있는 땅에서 오늘이란 시간을 채워 가고 있는 우리, 선조들이 지녔던 따스한 인간애가 새삼 그리워진다. 우리의 부주의로 소중한 가치관을 잃고 사는 건 아닌지 등잔 밑에서 생각해 본다.

[2024. 8.]

복숭아 향을 담으며

　아무래도 나는 부자인가 보다. 가진 것 없는 가난한 부자인 것만은 분명하다. 초탈을 꿈꾸지 않으면 초연함도 놓칠 것만 같은 요즈음이지만, 때때로 소중한 가치를 일깨워주는 지인들로 인해 새로운 행복의 의미를 발견하곤 한다.

　"아직도 마음이 동하지 않으세요?"

　핸드폰을 받자마자 H의 청아한 목소리가 음악처럼 흘러나왔다. 지난번 통화 말미에 언제쯤 만날 수 있냐는 유쾌한 채근에 "머지않은 날 마음이 동하면 달려갈게요."라고 했던 애매한 응수를 그녀는 기억하고 있었다. 더 이상 뒷걸음질 치면 안 될 것 같다. 그녀를 만난 지 오래되기도 했고, 미안한 마음도 있었다. 언젠가 사정이 있어 일터를 비웠던 날, 헛걸음을 치게 한 전력이 있었기 때문이다.

　남편의 사업이 기울었다. 수십 년간 차곡차곡 쌓아 올린 가정

경제가 힘없이 무너져버렸다. 주부의 영역을 벗어나 새로운 역할이 필요했다. 그동안 취미 생활로 발을 들인 '플로리스트'라는 직업을 바탕으로 플라워 카페를 오픈했다. 경제적 관념 없이 여가를 즐기던 시간은 자연스럽게 뒤로 밀려났다. 사정을 모르는 친구들이 여전한 호출을 할 때면 '나중에'라는 공수표를 남발했다.

비탈길에 접어든 삶은 하루하루 주어진 과제를 해결하는 시간으로 채워졌다. 자아 성취의 일환이라 여겼던 공간이 생계를 위한 절실한 일터로 바뀌었다. 막막한 현실이 황폐한 벌판에 홀로 서 있는 것 같았다. 때로 그냥 주저앉고 싶을 때도 있었다. 그럴 때마다 나를 일으켜 세우는 힘은 하느님과 가족들이지만, 드러내지 않고 보내는 지인들의 사랑이 허허로운 가슴에 온기를 넣어주곤 했다.

플라워 레슨을 매개로 시작된 H와의 인연은 20년이 넘었다. 공군 비행사였던 남편을 따라 평택으로 이사한 후에도 매주 내려와 꽃을 매만지며 이야기꽃을 피웠다. 그녀는 나보다 세 살 아래이지만 웅숭깊은 도량은 언니 같다. 간호장교 출신으로 국문학을 전공한 그녀와의 담소는 늘 유쾌하고 편안하다. 잔잔한 미소와 진솔한 화법이 내 마음을 잔잔한 오솔길로 안내한다.

그녀가 서울로 다시 이사한 이후엔 자주 만나지 못하지만, 언제든 달려갈 수 있는 이웃처럼 마음의 거리감이 없었다. 그런 그녀가 내포 신도시에 아파트를 한 채 분양받았다는 소식을 전해왔다. 노후대책으로 마련해 둔 빈집이니, 언제든지 콘도처럼 이용하라는 특혜를 줬다. 서해안이 가까운 거리라, 해 질 녘 풍경을 감상하기엔 그만이라는 유혹을 곁들여….

그녀의 시간에 맞춰 내포 시에 도착했다. 근처 마트에서 아기 볼처럼 예쁜 복숭아를 샀다. 연노랑 빛깔에 탐스러운 열매가 달콤한 향을 내뿜었다. 복숭아 상자를 받아 든 그녀를 따라 엘리베이터를 탔다. 이웃 주민인 듯한 아주머니가 뒤따라왔다. 주고받는 인사말을 들으니 서로 초면인 듯했다. 그녀는 들고 있던 상자를 바닥에 내려놓고 복숭아를 몇 개 꺼내어 여인에게 내밀었다.

"제가 산 건 아니지만 맛 좀 보세요."

달콤한 복숭아 향이 승강기 안에 넘실댔다. 얼떨결에 과일을 받아 든 여인의 얼굴이 복사꽃처럼 환해졌다. 낯섦, 서먹함 등으로 그어졌던 경계선이 일순간에 사라졌다. 자연스럽게 배어 나온 그녀의 인정에 어린 시절 접했던 풍경이 떠올랐다.

예전에 농촌 들녘에서는 끼니때 지나가는 길손을 그냥 보내지 않았다. 처음 보는 사람도 불러 앉혀서 허물없이 음식을 나누어 먹었다. 찬연한 햇살 아래 논둑에 둘러앉아 인정을 나누던 모습은 자연의 일부였다. 그것은 한 폭의 그림처럼 아름다운 풍경이었다.

지금 내게는 유일하게 잔고가 두둑한 통장이 하나 있다. 지인들의 사랑과 배려가 담겨 있는 '행복 통장'이다. H를 비롯해 천사처럼 맑은 영혼을 지닌 솔메이트, 어려운 처지를 알고 선뜻 거금을 내밀었던 부부(마음만 받고 사양했지만 고마움을 고이 간직했다), 숨은 아픔에 세련된 위로를 보내는 이들 등….

물론 호의적인 이들만 있었던 것은 아니다. 치명적인 상처를 안겨준 사람과 인간 존재에 대한 회의감을 안겨준 이도 있지만, 모두 지우기로 했다. 고마움으로 쌓인 통장에 원망과 분노가 섞이면 그만큼 마이너스가 될 테니까. 행복 통장의 잔고를 줄이는 것은 어리석은 짓이리라.

그녀와 함께 남당항을 걸었다. 석양이 보이는 곳에서 저녁을 먹었다. 영원히 질리지 않을 것 같은 포만감이 나를 감쌌다.

집으로 돌아오는 길에 내 삶의 갈피 갈피에 들어있는 자산을 확인한다. 풍요로움 속에서 나도 누군가의 행복 통장을 채우는 사람이기를 소망해 본다.

[2020. 8.]

사각지대

　며칠 전 머리를 손질하려고 들렀던 헤어숍에서 잠시 놀란 적이 있다. 거울에 비치는 미용사의 노련한 손놀림을 무심히 보고 있는데 뭔가 이상했다. 앉아 있는 내 모습이 어딘가 어색해 보였다. 정면에 보이는 거울 속의 피사체는 내가 분명한데, 다리와 신발은 다른 사람이었다. 한참 동안 거울을 들여다보다 작은 실소를 터뜨렸다.

　잠시 겪었던 착시현상은 유리 벽과 거울을 구분하지 못했기 때문이다. 이 헤어숍은 투명한 유리를 실내 중앙에 설치해 공간을 나누었다. 유리 벽을 사이에 두고 양쪽 놓인 의자 앞에는 대형 거울이 하나씩 걸려있다. 천장 가까이 높이 걸린 거울은 사람 무릎 정도까지만 내려와 있다. 의자에 앉으면 거울의 면적만큼 반대편이 보이지 않는 구조이다. 그래서 전면을 응시하면 거울을 벗어난 공간은 유리 벽 너머의 것이 보였다. 형편없는 내 관찰력을 새삼 느꼈다. 이렇게 실체를 마주하고도 온전히 볼 수 없는데, 내가 놓치는 사각지대는 얼마나 많을까. 보이는 것 너머의 가려진 곳, 마음의 사각지대 면적은 또 어느 정도일는지….

언젠가 초등학교 동창 네 명과 함께 여행을 갔을 때였다. 생활 터전이 각각 달라 만나기는 쉽지 않지만, 어린 시절을 공유한 연둣빛 추억의 끈이 일 년에 한두 번의 여행으로 이어지고 있다. 유년 시절 지기들과의 여정은 또 다른 나를 만나는 시간이 된다. 아지랑이처럼 아련한 기억 속에서 서로의 조각들을 하나씩 꺼내어 퍼즐을 맞추다 보면, 어느새 천진난만한 동심의 세계로 돌아가게 된다.

우리는 채석강 근처의 리조트에 여장을 풀었다. 황금빛 노을을 따라 등대로 이어지는 길을 걸으며 콧노래를 불렀다. 저녁 식사를 마치고 숙소로 들어와서도 추억의 뜰을 걷는 산책은 계속됐다. 밤이 이슥하도록 아낙네들의 여흥은 유쾌하게 수다스러웠고, 초가을 말간 달빛은 홀로 고요했다.

예기치 않은 상황이 발생한 것은 다음 날 아침이었다. 음식 솜씨가 좋은 친구가 마련해준 근사한 아침 식사를 하고, 커피잔을 들고 발코니로 막 나가려는 순간이었다. 갑자기 친구 K가 다른 친구를 향해 큰 소리로 불쾌한 감정을 드러냈다. 잠시 찬물을 끼얹은 듯한 적막이 흘렀다. 어색한 분위기를 수습하려 애쓰는 K가

변명이 담긴 항변을 이어갔다. 붉어진 그의 얼굴은 자못 심각해 보였다. 화살을 받은 J는 미안해하면서도 억울하다는 표정으로 우리의 눈치를 살폈다. 긴장감이 감도는 그 순간 나는 어이없게 웃음이 나왔다. 친구들에게서 어린 시절 모습이 설핏 배어 나왔기 때문이었다.

작은 일에 잘 토라지다가도 언제 그랬냐는 듯이 웃고 떠들던 옛 모습이 떠올랐다. 지난 시절로 되돌아간 것만 같아 정겨웠다. 서로 자신의 주장에 열을 올리던 두 친구는 급기야 나를 지목해 하소연하며, 옹호해 주기를 바라는 눈빛을 보냈다.

그들의 갈등은 출발하면서부터 비롯된 모양이었다. 해소되지 못한 채 가라앉은 앙금이 다음 날 아침에 불거진 것이다. 강화도에 사는 K가 서울에 있는 J를 태우고 왔다. 그런데 만나기로 한 장소가 복잡한 여의도 한복판이라 서로 고생을 좀 한 듯했다. 운전하는 K와 서서 기다리던 J가 서로의 관점에서 바라본 생각과 판단이 일치하지 못한 것 같았다.

딸아이의 오피스텔이 여의도 근방이다. 내가 그곳에 자주 다니는 것을 아는 친구들이 마치 판결을 기다리는 소송인들처럼 나를 쳐다보았다.

두 친구의 주장이 모두 틀리지 않다고 생각하면서도, 섣불리 말을 꺼낼 수가 없어 잠시 난감했다. 반가운 해후를 앞두고 설렘이 앞섰을 그 시간 그들의 마음을 짐작할 수 있었다. 나는 들고 있던 커피잔을 식탁에 놓고 친구들과 마주 앉았다.

"이 커피잔 말이야. 이쪽에서는 내가 앉아 있는 쪽만 보이는데, 그쪽에서도 반쪽만 보이지 않니? 지금 우리 상황도 마찬가지 아닐까?"

그날 언제쯤 두 친구의 화해가 이루어졌는지 정확한 기억은 없지만, 우리의 즐거운 여정은 계속되었고, 친구들의 우정은 변함없다. 여전히 자기가 사는 지역 특산물로 정을 나누며 기약했던 만남을 기다리고 있다.

오늘도 나는 남편과 어떤 사안을 두고 논쟁을 벌이다 뒤로 물러섰다. 가치관이 비슷한 우리 부부는 생각과 판단이 유사할 때가 많다. 그런데도 서로 다른 성향 때문에 대립하게 되는 경우가 종종 있다. 자신의 관점으로 대화하다 보면 어느 순간 서로의 사각지대를 간과하게 되는 것이다. 주로 남편이 양보하는 것으로 마무리될 때가 많은데, 지나고 보면 만족감보다는 후회와 아쉬움으로 이어졌던 경험을 고백하지 않을 수 없다.

코로나 시대에 익숙해진 '거리 두기' 우리에게는 자신과의 거리 두기가 필요할 때가 있다. 한 걸음 물러나면 마음에 들인 여유가 시야를 넓힌다. '나'라는 중심으로부터 적당한 거리를 유지할 때 관조의 재미를 얻기도 한다.

아둔한 내게도 사각지대를 밝히는 거울이 필요하다. '역지사지 易地思之', '개시개비皆是皆非' 등 몇 개의 단어들을 내 사고의 사각 지대에 세워 둔다.

[2020. 10.]

가을 애상

'눈이 부시게 푸르른 날은 그리운 사람을 그리워하자'라는 시어가 절로 떠오르는 계절이다. 설렘과 상실감이 공존하는 시기, 지인과 함께 산책을 나섰다. 성미 급한 단풍잎의 홍조에 눈길을 주다가 붉어지는 그녀의 눈시울을 보고 말았다.

찬란하게 빛나는 햇살이 더욱 처연한 슬픔으로 다가왔던 그 날이 떠올라 나도 코끝이 시큰해진다. 지난해 봄, 그녀는 30여 년 함께 했던 배우자를 허망하게 잃었다.

이른 새벽 여명을 가르며 울리는 핸드폰 소리에 눈을 떴다. 다급한 그녀의 목소리가 나를 일으켰다. 저녁에 들어와 잠들었던 남편이 일어나질 못한다는 것이다. 겁에 질린 듯한 그녀의 목소리가 심상치 않게 들렸다. 옆에서 자고 있던 남편을 깨우고 허겁지겁 옷을 갈아입고 뛰쳐나갔다. 엘리베이터에서 나온 이동 침대가 구급차에 실렸다.

안절부절못하는 그녀와 가족들을 태우고 서둘러 구급차를 따라갔다. 별일 없을 거라고 가족들을 위로하면서도 빠르게 뛰는 내 심장박동을 제어하지 못했다. 병원에 도착했을 땐 두려움이 곧 현실이 되어버렸다. 그녀의 가족도, 전날 밤 함께 술잔을 기울였던 남편도 망연자실했다. 그렇게 그녀는 4월 1일 만우절 아침에 거짓말처럼 남편을 떠나보냈다. 한마디 작별 인사도 나누지 못한 채….

그녀 가족은 우리 부부가 청주에서 첫 번째 만난 이웃사촌이다. 가경동에서 천장 하나를 사이에 두고 정을 나누던 두 집이, 이사도 같이해서 20년째 연緣을 이어가고 있다.

그녀의 남편은 '법 없이도 살 사람'이라는 말이 어울리는 호인이었다. 오랫동안 개인택시 운전을 하면서 세상과 소통하던 그의 얼굴엔 늘 미소가 가시지 않았다. 밝고 여유로운 표정으로 세상을 달관하는 모습이 인상적이었다. 두 딸에게도 자상한 아버지였던 그는 아내의 걱정 어린 질책을 특유의 웃음으로 받아넘기곤 했다. 언제나 이웃과 동료들의 궂은일에 적극적이어서 그를 좋아하는 사람들이 많았다.

몇 년 전 시어머니께서 돌아가셨을 때, 생업을 뒤로하고 장례 일정의 잔심부름을 자청했다. 처음 당하는 부모상으로 경황이 없을 때였다. 피 한 방울 섞이지 않은 이웃을 위한 헌신이 고마웠다. 장례식이 끝날 때까지 세심하게 우리를 챙기는 그에게서 이웃사촌의 의미를 새삼 느꼈다.

11월은 위령성월(가톨릭교회가 세상을 떠난 영혼들을 기억하며 기도하는 달)이다. 어느 일요일 그녀와 가까운 지인들과 함께 가덕 공원묘지에 갔다.

절정을 지난 노란 은행잎들이 가을빛에 농담濃淡을 더해 놓은 날, 때마침 지나간 여우비가 산허리에 쌍무지개를 남겨 놓았다. 쓸쓸한 늦가을 정취 속에서 고인을 추모하며 언덕을 올라갔다. 묘비 앞에 앉아 기도하는 동안, 무심한 바람이 낙엽 비를 한 차례 흩뿌리고 달아났다. 어느새 가지에 붙어있는 나뭇잎보다 바닥에 떨어진 잎들이 더 많아졌다. 떨어지는 나뭇잎이 전하는 소리에 잠시 귀를 기울였다.

내려오는 길에 그녀가 말했다.

"남편을 보내고 나니 제일 후회되는 게 있어. 조금이라도 더 따뜻하고 상냥하게 대하지 못했다는 거. 마음은 그게 아닌데 왜 그렇게 현명하지 못했는지…"

갑자기 뜨거운 무언가가 울컥 올라왔다. 조금 전 그녀가 입에 넣어준 김치전 한 점이 젖은 길바닥에 붙어있는 낙엽처럼 목에 걸린 것만 같았다.

중학생인 그녀의 딸이 지난밤에 손수 만들었다는 그 김치전 옆에 이런 쪽지가 놓여 있었다고 했다. '엄마, 아빠가 좋아하셨던 김치전 제가 만들었어요. 산소 잘 다녀오세요.'

시리도록 고운 한 점의 수채화로 남아있는 그 늦가을, 텅 빈 들녘엔 포근한 햇살이 내려와 벼 그루터기의 상처를 어루만지고 있었다.

[2015. 10.]

6. 어떤 아름다움

우주 여행자

참 그윽한 꽃이었다. 우연히 마주친 그 꽃은 봄밤 달빛 아래 빛나는 하얀 목련꽃처럼 환한 빛을 발하고 있었다. 꽃내음이 얼마나 진하게 내 안에 배어들었는지 지금도 가끔 거울을 볼 때면 그 고운 자태에 내 모습을 투영시키곤 한다.

미용실을 다녀온 지 며칠 되지 않았는데 벌써 귀밑머리가 희끗하다. 겨울을 배웅하는 초봄의 문턱에서 내리는 봄눈처럼 성긴 흰빛이 눈에 띄는 오늘도, 예의 그 꽃향기가 올라와 아침 단상의 행간을 메우고 있다.

한 생애의 어느 시점이 과연 내 본연의 모습일까? 나는 어떤 빛깔과 향기로 이 세상을 부유하는 걸까?

수년 전 어느 날 저녁 식사 약속이 있어 시내에 있는 어느 음식점에 갔을 때였다. 3층으로 올라가기 위해서 엘리베이터를 탔는데, 뒤이어 한 노부인이 동승했다. 순간 승강기 안이 환해지는 것을 느꼈다. 하얀 피부와 조화롭게 빛나는 백발이 얼마나 기품 있고 아름다운지 한순간에 매료되었다. 온화한 미소가 퍼져 나오는 맑은 얼굴을 마주한 순간 나도 모르게 목례했다. 더욱 고운 미소로 답례하는 그분의 아우라에서 은은한 꽃향기가 배어 나왔다. 마치 잘 발효된 곡주처럼 맑고 투명한 빛과 향이었다.

인간의 오감은 제 영역을 넘나든다. 꽃향기를 맡으면 꽃밭에 날아와 소곤거리는 나비와 벌의 속삭임을 느끼고, 탐스러운 과일이나 예쁜 꽃 그림을 보면 향긋하고 상큼한 과일 향과 꽃향기가 코끝을 간지럽히기도 한다. 베토벤의 전원 교향곡을 들을 때면 눈앞에는 수풀 내음 가득한 전원 풍경이 펼쳐진다. 투명한 햇빛에 반짝이며 흐르는 맑은 시냇물, 스치는 바람에 춤을 추듯 하늘거리는 나뭇잎, 싱그러운 숲속에서 음률을 타고 날아다니는 새들을 음악 속에서 보는 것도 자유로운 오감 덕분이다.

매혹적인 그 여인의 모습에서도 청정한 숲속 공기가 풍기는 듯했다. 그날 그분을 뵈면서 미래의 내 모습을 그려두었다. '어느 정도 나이가 들면 자연 그대로의 모습으로 투명하게 물들어가야지. 시간을 거슬러 역행하기 위해 애쓰기보다 자연스럽게 물들어가는 고유한 빛으로 익어가리라. 있는 그대로의 모습으로 따스한 가슴을 지니리라'라는….

어느 작가는 우리는 모두 '우주 여행자'라고 했다. 각각의 캡슐을 타고 온 누리를 누비는 우주 여행자. 그래서 우리는 여행 중에 마주치는 서로를 환히 밝혀주는 따뜻한 빛이 되어야 한다고….

빛은 서로를 배척하지 않는다. 경쟁을 모르는 빛들이 모이면 어둠을 밀어내고 소멸시키는 힘을 지닌다. 우리는 움직이는 빛이다. 비록 작은 몸짓이라도 의지 여하에 따라 밝음의 사각지대에 존재하는 어둠을 비켜서게 할 수도 있다.

내 안의 심지를 돋우어 누군가의 여정에 불빛을 보태주는 일이 그리 어려운 것만은 아닐 것이다. 부드럽고 따뜻한 말 한마디, 인색하지 않은 미소와 고운 시선, 그리고 이름 모를 꽃으로 내게 각인된 그분처럼, 고유의 자연스러움으로 자체 발광하는 빛도 있으니 말이다.

보름달처럼 밝은 빛, 별처럼 반짝이는 푸른빛, 반딧불이처럼 작고 예쁜 빛들이 어우러져 서로를 환하게 밝힐 때 여행의 묘미가 더해지리라.

아마도 내가 만났던 그 우주 여행자는 무척 향기롭고 따스한 빛을 지니고 있었나 보다. 엘리베이터를 함께 탔던 그 짧은 시간의 여운이 이렇게 오래도록 남아있으니.

[2017. 12.]

어떤 아름다움

산사를 올라가는 길목에서부터 마음이 느슨해진다. 계곡을 따라 이어진 숲길이 울창한 수목 터널이다. 연초록 새잎이 하늘거리는 길이 환상적인 분위기를 자아내고 있다. 마치 속세에서 선계로 이어지는 사잇길에 들어선 느낌이다.

선암사는 유네스코 세계문화유산에 등재된 사찰 중 한 곳이다. 풍경에 취해 걷다 보니 아치 형태의 석조 다리가 먼저 반긴다. 신선이 승천하는 다리라는 '승선교'다. 자연석으로 만든 홍예교의 곡선미에 빠져 한참 머물렀는데, 내려올 때 알았다. 내가 또다른 홍예교 위에서 승선교를 감상했다는 사실을.

아름답고 웅대한 고찰古刹에 들어서니 감탄사가 절로 나온다. 시선이 닿는 곳마다 절경이다. 자연과 어우러진 사찰, 완연한 봄 산빛에 둘러싸인 이곳에 서 있는 것만으로도 속세의 먼지가 씻기는 듯하다.

고색창연한 경내엔 핑크빛 물결이 넘실거린다. 소담스럽게 핀 겹벚꽃과 진분홍 진달래꽃이 농담濃淡을 달리하며 경염을 펼치고 있다. 분홍빛 물결을 따라 흐르는 사람들의 표정에도 화색이 만연하다. 대웅전의 빛바랜 단청이 신록 속에서 고고한 빛을 발한다. 곳곳의 비경에 마음을 누이며 카메라에 담았다.

산사의 아름다운 풍광을 음미하며 천천히 걸음을 옮겼다. 그런데 어느 순간부터였을까? 커다란 나무 한 그루가 따라다녔다. 수려한 경치는 물론, 고유의 품격으로 미적 가치를 지닌 보물급 문화재들이 많은 이곳이다. 눈으로 들어와 가슴에 아로새겨진 풍광들이 많은데, 유독 한 그루의 고목이 망막에 아른거렸다.

그 나무를 마주한 곳은 사찰 입구에서 멀지 않은 곳이었다. 햇살의 사랑을 즐기는 싱그러운 나뭇잎을 감상하는데, 기이한 형태의 나무가 시야에 들어왔다. 연둣빛 새잎에 검은색 수피가 더욱 도드라져 보였다. 아래쪽에서 높은 고목의 위쪽을 자세히 볼 수는 없지만, 곧게 뻗은 우듬지에 굵은 옹이가 있는 듯했다. 몸체 상부 끝에서 반쯤 잘려 나간 상흔으로 변형된 모습이 아닐까 싶었다. 마치 아픈 초승달이 내려와 앉은 듯한 형상이었다. 인고의 시간이 응결된 흔적이 역력했다. 고난을 겪으며 혼신을 다한 나무의 몸부림이 보이는 듯했다. 사람의 손길로 다듬어진 조형물처럼 보였다. 단단한 옹이에서 자라난 잔가지가 사방으로 퍼져 있었다. 그 미학적인 형태가 왠지 모를 비애감을 불러일으켰다.

신영복 교수의 《담론》 중에 '아름다움'의 어원을 명쾌하게 풀어 놓은 대목이 있다. 이목구비 반듯한 얼굴보다 세상과 인간에 대한 달관이 있는 얼굴, 아픔을 초월한 얼굴이 아름답다는 말에 깊이 공감했다.

'얼굴의 옛말은 얼골이며, 얼골은 '얼의 꼴', 얼의 꼴은 곧 영혼의 모습'이라고 했다. 얼굴에 그 사람의 영혼(얼)이 드러난다는 것이다. 나무에 배어 있는 얼에 내 마음이 닿았던 것일까.

아름다움에도 장르가 있다. 황홀한 아름다움이 있는가 하면, 비극적인 아름다움도 있다. 단순한 아름다움, 풍부한 아름다움도 있다. 시련에 굴하지 않고 생애 의지를 불태운 고목이 경외심을 갖게 한다.

고통이 승화된 아름다움에는 짙은 삶의 향기가 배어 있다.

[2024. 5.]

벚꽃 단상

추락하는 것이 아니다. 꿈꾸는 시간이리라. 생의 경계에 다다른 찰나의 순간마저 누군가를 위무하는 몸짓이리라. 이생의 경계 너머에 그 무엇이 있어 설렘을 주기라도 하는 걸까? 바람에 흩날리다 홀홀히 내려앉는 자태엔 한 점의 미련도, 아쉬움도 보이지 않는다. 지상의 어떤 생명체가 생을 마치는 엄숙한 순간, 저리도 황홀한 춤사위로 축제를 즐길 수 있을까.

짧은 생애 절정에서 누리는 찬란한 희열을 뒤로하고, 한바탕 잔치를 펼쳐놓는 여유가 마냥 부럽기만 하다. 이생의 끈을 놓아버릴 순간이다. 곧 흔적 없이 사라질 운명의 시간, 그지없이 자유로운 몸짓이 자기 삶에 충실한 이의 미소 같다. 뭇사람들의 가슴에 따스한 봄기운을 들여놓고 사뿐히 사라지는 벚꽃의 유희에서 아름다운 마무리를 읽는다.

가톨릭 신자들은 최소한 일 년에 한두 번쯤은 자연스럽게 죽음에 대해 깊은 묵상을 하게 된다. 부활주일 전 예수님의 수난과 죽음을 묵상하는 사순시기와, 망인의 영혼을 기리며 위로하는 위령성월(11월)이 있기 때문이다. 물론 종교를 갖고 있지 않더라도 가족이나 지인과의 사별을 경험하게 되면 '죽음'이 결코 멀리 있지 않다는 사실에 겸허히 자신을 돌아보게 된다.

죽음을 떠올리는 건 누구에게나 두려운 일이다. 이 세상을 살아가고 있는 그 누구의 체험담도 접할 수 없기 때문이다.

우리보다 4세기를 앞서 지상의 유랑을 마치고 돌아간 파스칼은 '신앙은 도박'이라고 했다. 신(하느님)의 존재 여부를 살아생전에 증명할 수 없으므로 도박을 할 수밖에 없다는 것, 그래서 이왕이면 신이 존재한다는 쪽에 승부를 걸어야 사후에 잃을 것이 없다는 뜻이리라.

아득한 젊은 시절, 남편과 이와 비슷한 주제로 논쟁을 벌인 적이 있다. 지금은 같은 종교를 갖고 있지만, 당시 무신론자였던 남편은 신의 존재를 인정하지 않았다. 그는 '인간은 단지 단백질 합성체에 불과하고 죽음은 곧 존재의 무로 돌아가는 것'이라고 주장했다. 논리적이기보다 감성이 앞서는 내 어설픈 반박은 만약 그렇다면 억울한 사람이 많아서 안 된다는 것이었다. 인간이 지닌 소중한 가치를 존중하고 지키며, 이타적 삶을 실천한 사람들에게 합당한 사후 보상이 있어야 한다고 맞섰다. 어쩌면 잠재된 내면의 보상 심리가 표출된 항변이었는지도 모르겠다.

뿌리가 약한 자존감이 혼인한 후부터 더 흔들리곤 했다. 시부모님과 함께 살던 시절, 한 집안의 화평은 맏며느리의 손에 달렸다는 말이 스물셋 어린 새댁을 늘 긴장시켰다. 남편은 5남매의 장남이다. 시동생과 손위 시누이가 세 분이다. 자신의 감정을 존중하고 컨트롤하는데 서툴렀던 나는 고충을 표현하고 이해를 구하는 대신 참는 쪽을 택했다. 가끔 가정의 평화를 위해 잠재웠던 불편한 감정이 내 안에서 억울함을 호소할 때면, 전지전능하신 분은 알고 계시리라는 믿음을 위안으로 삼았다.

언젠가는 이 세상을 떠나야 하는 것은 자명한 사실이다. 누구나 영원한 안식을 꿈꾼다. 방향은 다를지 모르지만 희망하는 목적지는 같은 곳이리라.

신앙은 내게 궁극적인 목적지로 안내하는 등대와 같다. 삶의 여정에서 크고 작은 선택의 기로에 서게 될 때, 가치 판단의 기준이 되고 지표가 된다. 인생을 전인미답의 길이라 했던 어느 작가의 말을 떠올린다. 죽음이야말로 그 누구도 가 보지 못한 길이다.

긴 겨울 한파를 맨몸으로 견뎌내고 이른 봄 앞장서서 꽃망울을 터뜨리는 봄꽃들처럼, 어려운 여건에 굴하지 않고 주어진 삶에 최선을 다해 선한 삶을 살다 간 사람들이 많다.

4월이면 더욱 안타까운 마음을 갖게 되는 세월호 희생자들에게서도 쉽게 찾을 수 있다. 효심 지극했던 아이들, 학생들을 지키기 위해 자신을 희생한 교사들이다. 그들은 짧은 생애를 초월해 숭고한 사랑으로 충만한 삶을 살다 간 사람들이다. 유가족들의 아픈 상처 너머로 보이는 그들의 삶은 눈부시게 아름답다.

어느덧 사월 중순이다. 벚꽃이 머물다 진자리엔 어느새 연둣빛 새싹이 고개를 내밀고 있다. 신나게 얼음을 지치다 돌아온 아이처럼 발그스레한 볼을 한 채 앙증맞게 손을 흔든다.

가슴 시리도록 고운 사월이다.

[2020. 4.]

거짓말의 미학

'오늘도 늦게 들어오기만 해봐라.'

남편의 퇴근 시간이 가까워지자, 전화벨 소리에 신경이 쏠리고 있었다. 며칠째 이어지는 음주 귀가를 더 이상 묵과하지 않으리라고 단단히 별렀다. 저녁 식사 준비로 분주한 시간, 이윽고 '따르릉' 소리가 울렸다. 거실에 있는 유선 전화기를 들자, 어머님께서 안방 전화기를 제자리에 내려놓으셨다. 남편의 목소리가 천연덕스럽게 들려왔다.

"미안해서 어쩌지. 오늘도 회식이 있어서 늦을 것 같은데."

내 인내심이 바닥을 드러내고 있었지만, 안방에 계신 시부모님을 의식하지 않을 수 없었다. 야속한 마음에 괜한 설움이 밀려왔다. 일순 혼인 생활에 대한 회의감에 휩싸였다. 맥이 풀린 채 주방으로 다시 들어가려는 순간 현관 벨 소리가 들렸다. 문을 열자, 남편이 얄궂은 표정으로 웃으며 서 있었다. 집 앞 공중전화에서 태연하게 장난을 친 것이다. 신혼 시절 어느 해 질 녘의 추억이다.

남편의 유머 감각은 세련되진 않아도 소소한 일상의 활력소가 되기도 한다. 생의 파고에 흔들릴 때면 적절한 위트가 위안이 되곤 했다. 가볍지 않았던 십여 년의 시집살이를 무난히 견딘 것도, 사랑과 어우러진 그의 너스레가 한몫했으리라. 때로 어이없는 웃음을 자아내기도 하는 그 넉살 덕분에, 땡볕 아래서도 아름드리 고목이 드리운 시원한 그늘을 만날 수 있었다.

지나온 삶의 여정 중 암울한 시간의 터널을 통과할 때가 있었다. 생애 가장 고난의 시기라 여겼던 나날, 남편이 지닌 긍정적인 가치관은 더없이 큰 버팀목이었다. 합리적인 사고와 배려심으로 절망의 무게를 줄이는 그를 보면서 영화 한 편을 떠올렸다. 내 안에 깊이 각인된 영화 속 주인공이 오버랩되곤 했다.

내게 '어떤 삶을 살 것인가'라는 화두를 던졌던, 《인생은 아름다워》는 1997년에 상영된 영화이다. 이탈리아 태생의 로베르토 베니니 감독이 제작하고 주연한 작품이다. 제2차 세계대전 당시 나치 강제 수용소를 배경으로 펼쳐지는 이 영화는, 남자 주인공인 귀도의 낙천적인 성격이 스토리의 중심축이다. 귀도는 유대계 이탈리안이다. 유대인들을 멸종시키기 위한 나치의 만행은 단란한 그의 가정을 한순간에 나락으로 떨어뜨린다. 그의 아내 도라는 유대인이 아니지만 귀도와 아들 조슈아를 따라 수용소행을 자청한다. 남녀로 분리되어 강제 노동에 시달리는 수용소 생활은 비참하다. 인간의 존엄성은 짓밟힌 채 강제노역에 시달리다가 가스실로 끌려가는 날만을 기다리는 상황이다. 하지만 죽음의 공포가 맴도는 암흑의 공간에서도, 유쾌하고 낙천적인 귀도의 성품은 제빛을 잃지 않는다. 가족을 위해 고군분투하는 그의 사랑과 의지는 잿빛 수용소 안에서 비참한 현실을 잠시 잊을 수 있는 유일한 창구가 된다.

귀도의 상상력이 빚어내는 거짓말은 터무니없지만 절묘하다. 전쟁의 참상으로부터 어린 아들을 보호하려는 부성애父性愛가 가슴 시리도록 아름답다. 순수한 동심을 지켜주기 위해 그는 특유의 순발력과 기지로 삶을 유희한다. 그 순간 처참한 현실은 놀이를 즐기는 공간으로 탈바꿈하고, 암담한 수용소 생활은 포인트를 쌓는 게임장 캠프가 된다.

'차라리 꿈이었으면' 하는 순간이 있다. 귀도의 엉뚱한 임기응변은 암흑의 공간을 비추는 한 줄기 빛 같았다. 내일에 대한 기대나 소망이 존재하지 않는 현실에서 웃음을 들여놓는 여유가 얼마나 가치 있는지를 생각했다. 주인공의 낙천적인 기질 덕분에 어둡고 위태로운 상황 전개가 절망적이지 않고 유쾌하게 흐른다. 그리고 삶의 본질과 가치에 대한 사유 속으로 우리를 끌어들인다.

지칠 줄 모르는 귀도의 사랑과 의지는 영화 결미에서 더욱 빛난다. 전쟁 막바지, 수용소를 탈출할 계획을 세운 귀도는 아들 조슈아를 빈 쓰레기통에 들어가게 하면서 더욱 그럴듯한 거짓말을 한다. 마지막까지 들키지 않고 숨어 있으면 게임 포인트 올려 최후 승자가 될 수 있다고. 아빠 말을 곧이듣는 조슈아를 숨겨두고, 귀도는 아내 도라를 찾아 나선다. 하지만 독일군에게 결국 발각된 그는 안타깝게도 처형장으로 끌려가게 된다. 상품으로 받을 탱크를 꿈꾸며 숨바꼭질에 열중한 아들의 안전을 확인한 귀도는 자신을 겨눈 총부리에 아랑곳없이 당당한 걸음으로 병정놀이를 연출한다. 생애 끝에서 어린 아들과의 비밀스러운 눈 맞춤은 아릿한 감동을 안겨준다. 환한 표정으로 눈을 찡긋하는 순간 온 우주가 조슈아에게 안기는 듯했다. 귀도가 연극무대를 퇴장하는 배우처럼 조슈아의 시야를 벗어나자 곧 총성이 들리지만, 조슈아의 동심은 훼손당하지 않는다. 전쟁의 잔혹성이 인간의 존엄성을 무참히 짓밟고 소멸시키려고 하지만, 숭고한 사랑과 의지로 둘러쳐 놓은 귀도의 보호막을 뚫지 못한다. 전쟁이 끝나고 엄마 도라와 함께 집으로 돌아가는 조슈아의 천진난만한 모습은 귀도의 바람이 이루어졌음을 보여준다. 그의 위대한 사랑으로 전쟁의 상흔이 남지 않은 조슈아의 세상은 여전히 밝고 건재하다.

그럼에도 불구하고 어지러운 세상이 아름답게 느껴지는 건 지구라는 이름의 천체 곳곳에 다양한 빛깔을 지닌 사랑의 에너지가 작용하기 때문이리라.

[2024. 8.]

새들이 한 방향으로 날아갔다

남편의 출장길에 기꺼이 동행한 까닭은 나름의 계획이 있어서였다. 장거리 운전을 도와주고자 하는 마음 한편에, 그가 업무를 보는 동안 순천만 습지를 오롯이 걸어보리라 생각했다. 그런데 얄팍한 내 계산에 차질이 생겼다. 자동차 타이어에 문제가 생기는 바람에 고속도로에서 적잖은 시간을 허비한 것이다. 남편을 목적지에 내려주고 순천만에 도착했을 땐 폐장 시간이 가까워서였다.

매표소 옆을 지키는 현수막이 아쉬움을 부추긴다. '야간 개장 8월 31일까지'라는 문구가 마치 놓쳐버린 버스처럼 보인다. 9월 중순의 늦은 오후, 옅은 구릿빛 햇살이 넓은 주차장에 내려앉았다. 적당한 적막이 애수의 색채를 보태고 있다. 퇴근할 채비하는 직원들과 간간이 출구로 빠져나오는 탐방객들의 발소리가 메아리처럼 흩어진다. 하릴없이 주차장 언저리를 걷다가 언덕에 있는 한 카페를 발견했다.

평일 늦은 오후 시간, 초로의 여주인이 홀로 손님을 맞는다. 순천만 습지가 정면으로 보이는 자리를 골라 앉았다. 습지에 둘러싸인 용산이 나지막하게 보인다. 넓고 투명한 유리창이 고화질 스크린 같다. 잔잔한 음악이 창밖 풍경과 조화롭게 흐른다. 새들이 날아갔다. 짙푸른 초록빛 산이 배경으로 펼쳐진 허공에 잿빛 두루미가 무리 지어 날아오른다. 이울어 가는 초가을 햇살이 조명처럼 새 떼를 비춘다. 펼쳤던 책을 덮고 차경이 이끄는 사유로 들어갔다. 새들의 군무가 이어진다. 두세 마리에서 대여섯 마리, 또는 십여 마리의 두루미가 비슷한 시간차를 두고 지나갔다. 새들의 비상이 어디에서부터 시작되었는지 알 수 없지만, 통유리 화면을 가로질러 북쪽을 향해 비행했다. 자유로운 몸짓과 다양한 형태로 날아가는 새 떼에서 공통점을 발견했다. 새들이 일정한 고도를 유지하며 모두 한 방향으로 이동하고 있었다. 비어 있는 창공에 어떤 지표가 그들의 비상을 이끄는 걸까? 우아한 재두루미의 공연이 문득 내 삶의 행로를 돌아보게 한다. 아슬아슬하게 흔들렸던 순간들이 지나온 시간의 갈피에서 고개를 내민다.

아주 오래전 우연히 내 삶의 지표를 확인한 순간이 있었다. 목포를 여행하던 중에 '남농 허건' 기념관에 들렀을 때였다. 로비에 계시던 연세가 지긋하신 남자분이 안내를 자청했다. 작품 설명에 곁들여 작가의 예술세계를 들려주시던 그분이 기습적인 질문을 던지셨다.

"선생님들은 자기 삶에서 가장 중요하게 여기는 가치가 무엇입니까?"

동행했던 진중한 두 친구는 생각이 많은 표정이었다. 그분의 열성적인 안내에 답례하는 의미에서라도 호응이 필요했다.

"사랑입니다."

나도 모르게 불쑥 튀어나온 우답이었다. 틀린 답은 아니었는지 작품 설명을 이어가는 그분 목소리에 흥이 실렸다. 덕분에 몇 번의 문답을 더 주고받으며 남종화南宗畵의 진수에 가까이 다가갈 수 있었다.

《한국민족문화 대백과사전》에 '사랑'이란 명사를, '사람이나 존재를 아끼기 위하여 정성과 힘을 다하는 마음'이라고 정의하고 있다. 남농의 작품과 인품이 보이는 일화의 기저基底에 훈훈한 인정이 깊게 배어 있었다.

비대면으로 모두 힘든 시기를 보내던 어느 날, 사업을 하는 막냇동생이 찾아왔다. 집안 문제로 대화를 나누던 중에 동생이 궤도를 벗어나는 듯한 기미를 보였다. 생경한 모습에 당혹스러웠다. 자신이 선택한 오답 외에는 정답이 없다는 태도였다. 자기애自己愛를 상실한 동생의 모습이 안타까웠다. 형언하기 어려운 비애감에 무력감을 느꼈다.

성장기의 어느 한때, 모정의 마음으로 돌봤던 남동생이었다. 내 결혼식 날 하객들 틈에서 눈물을 훔치던 초등학교 5학년생이, 눈가가 붉어진 채 가족사진을 찍었던 모습이 아릿하게 떠올랐다. 일방통행적인 선포가 폐부를 찔렀지만, 같이 날을 세울 수는 없었다. 답답한 심정이 현기증을 일으켰다. 동생에 대한 여전한 신뢰와 함께 비통한 심경을 몇 마디 남기고 먼저 일어나고 말았다.

그날 밤 올케의 연락을 받은 엄마가 걱정스레 전화하셨다. 50대의 가장이 욕실 문을 잠그고 몰래 흐느끼다가 아내에게 들킨 것이다. 걱정하며 채근하는 올케에게 '누나에게 큰 잘못을 했다'라고 말했다는 것이다. 그것으로 충분했다. 뭉쳐 있던 명치끝이 부드러워지면서 내 눈앞은 다시 흐려졌다. 며칠 후 다시 만난 동생을 꼭 안아주었다. 멋쩍은 미소로 붉어지는 표정이 홍안의 미소년이었다.

저녁 어스름이 내려앉기 시작한다. 때마침 날아가는 흰 두루미의 유희가 두드러진다. 한일一 자를 그리며 지나간 잔영이 공연이 끝난 후의 감흥처럼 남는다. 내 생애 날갯짓의 항구한 지표가 퇴색하지 않기를 염원하며 두 손 모으는 저물녘이다.

[2024. 9.]

봄빛에 띄우는

계절이 옷을 갈아입었다. 고개를 내밀기 시작한 봄꽃과 연둣빛 새순으로 곳곳이 봄빛이다. 봄비에 갓 세수를 한 듯한 말간 벚꽃이 상춘객들의 표정을 환하게 비춘다. 하얀 꽃그늘에서 추억 쌓기에 여념 없는 연인들을 보니, 이제 막 인생의 봄 길에 들어선 아들 부부가 떠오른다.

자연의 순환처럼 사람과 사람 사이에도 감정의 사계절이 있다. 밀접한 관계일수록 심리적 기온 변화에 민감하다. 삶의 여정은 인간관계의 기류를 타고 흐르는 과정이리라.

삼십 대 중반에 들어선 아들에게 여자 친구가 생겼다. 막연한 기다림이 현실이 되니 반가우면서도 오묘한 기분이었다.

아이가 좋은 짝을 만나 봄 뜨락을 거니는 동안 남편은 늦가을에 들어선 모습이었다.

남편에게 아들은 착한 자식이자 좋은 친구였다. 바쁜 직장 생활 중에도 주말이면 집에 와서 아빠와 시간을 보냈다. 부자父子가 함께 운동하고 술 한잔 곁들여 세상사를 나누는 시간을 남편은 무척 좋아했다.

혼사가 결정되자, 예식에 관한 제반 사항은 아이들의 의견을 존중해 주기로 했다. 혼례 문화가 바뀌었다. 주례사는 부모의 덕담이나 편지로 대신한다고 했다.

편지를 쓰다 보니 우리 부부가 걸어온 옛길이 아련하게 다가왔다. 달콤하고 포근한 봄빛과 함께, 핑크빛 환상이 사라진 후의 현실은 뙤약볕이 내리쬐는 여름이었다. 5남매 집안의 맏며느리로, 아내와 엄마로 살아오는 동안 무수한 사계절이 순환했다. 사람 사이에 흐르는 계절은 순서가 없다. 포근한 봄 한가운데 있다가도 어느 순간 쓸쓸한 가을 앞에 홀로 서 있었다. 때로는 불편한 심기를 불러온 원인 제공자는 따로 있는데도, 애먼 남편을 향에 찬바람을 보내기도 했다.

서른아홉 해의 혼인 생활을 돌아보며 아이들에게 당부의 말을 쓰다 보니, 지금의 내게 하는 말이기도 했다.

"사랑하는 아들, 그리고 마음까지 예쁜 아람아!

결혼생활은 기차가 달리는 레일 같은 거라고 말해주고 싶구나. 둘이 늘 한마음이면 좋겠지만, 간혹 접점을 찾지 못할 때도 있단다. 철길이 일정한 간격으로 평행선을 유지할 때, 기차가 안전한 운행을 하듯이, 나란히 손을 잡고 두 개의 선을 따라 걸어도 같은 목적지에 도달할 수 있다고 말하고 싶구나.

서로의 생각이 다를 땐, 있는 그대로의 배우자를 인정하고 존중하는 지혜를 발휘하면 평화롭게 나아갈 수 있단다.

그럼에도 불구하고 도저히 이해할 수 없는 순간이 온다면, 잠시 자리를 바꾸어 보렴. 배우자의 자리에 앉아 상대방의 관점에서 바라보면 내가 미처 보지 못한 것을 발견할 수도 있단다. 그렇게 서로 존중하는 마음과 사랑으로 예쁜 가정을 이루고, 너희 부부의 사랑이 이웃과 사회에도 선한 영향력으로 스며들기를 소망하며 기도드린단다.”

흔히 주고받는 축복의 인사로 ‘꽃길만 걸으세요.’라는 말을 한다. 요원하기에 염원하는 덕담일 것이다. 인생 여정의 가시밭길을 잘 걸으라는 응원처럼 들린다. 피할 수 없는 궂은 길이라도, 마음 길을 닦아 꽃길을 걷듯 시간의 바다를 관조하고 향유 할 수 있기를 거듭 기원하는 봄날이다. 사랑하는 모든 이들이.

[2024. 4.]

사소한 단상

정원이 고요하다. 현관문은 잠기지 않았는데 인기척이 없다. 주인도 없고 이곳에서 만나기로 한 문우도 보이지 않았다. 대문이 없는 이곳은 K와 내가 자주 드나드는 선배 문인의 자택이다. 밥 보시를 즐겨 하시는 집주인 덕분에 때때로 호사를 누리는 장소이다.

아침에 받았던 K의 문자가 반가웠다. 시모상喪을 치른 그녀의 안부가 궁금하던 터였다. 여러 곳의 출강으로 분주한 그녀가 모처럼 짬이 난다는 소식을 전해왔다. 정해진 일정을 마치고 늦더라도 가겠다는 답을 했었다.

K는 바쁜 와중에도 틈틈이 혼자 지내는 선배를 가족처럼 챙긴다. 오늘도 일찍 와서 바깥일을 봐주러 함께 나간 모양이다. 궁금하던 중에 핸드폰 문자가 왔다. 선배가 메모를 남겼노라고 했다. 보물찾기하듯이 두리번거리다 계단 한쪽에 있는 메모지를 발견

했다. 스프링노트 한 장이 비닐봉지와 함께 놓여 있다. 작은 돌멩이가 봄바람의 장난을 막기 위해 앉아 있다.

'안녕! 요세피나, 옆에 있는 밭에서 상추 뜯어요. 맘껏…' '맘껏'이란 두 음절의 단어가 잔잔한 행복감을 안긴다. 규제를 초월하는 언어의 파장이 내 마음 뜨락에 색색의 물감을 풀어 놓았다. 푸근하고 풍요롭고, 자유로운 느낌으로 충만해진다. 궁금증이 차지했던 마음자리에 안도감이 들어서자, 정겨운 풍경이 눈에 들어왔다.

오랜만에 마주하는 정원이 평화롭게 다가온다. 빨간 개양귀비꽃과 청보랏빛 수레국화의 수런거림이 들리는 듯하다. 보라색 으아리꽃은 아치형 철 오브제를 타고 올라가는 중이다. 테이블에 그늘을 드리우는 몫을 담당한 산사나무엔, 알알이 맺힌 초록 열매가 꽃 진 자리를 지키고 있다. 잎이 예쁜 삼색 버드나무는 새로 들인 가족인가 보다.

'일상'은 시간이라는 공간에 쓰는 글이다. 무수한 손길이 닿은 뜨락에서 몸으로 쓴 작품을 읽는다. 선배의 건강은 열정과 에너지에 반해 활동의 제약을 받았다. 두꺼운 돋보기로 한쪽 시력에 의지해 문학 활동을 하셨다. 동인지 발간을 준비하면서 마지막 글이라며, 이젠 글 밭 대신 텃밭이나 일궈야겠다는 말이 떠올라 코끝이 시큰해진다.

며칠 전의 통화가 새삼 떠오른다. 밭일하다가 파란 하늘이 너무 고와서 그 자리에 그냥 누워버렸다는 말은 한 편의 시였다.

선배는 부지런하신 분이다. 다니러 올 때마다 집안 분위기가 새롭다. 가구와 인테리어 소품이 자주 자리바꿈을 하고, 정원의 벤치도 이동이 잦다. 어디서 그런 힘이 나오냐고 걱정하면, 힘이 아니라 머리로 한다고 웃어넘긴다.

언제 바뀌었을까? 푸르렀던 정원 바닥에 초록 잔디 대신 회색 자갈이 깔려있다. 채소밭이 정갈하다. 옅은 자주색 상추 포기가 밭이랑을 덮은 비닐 위로 솟아나 있다. 적당히 자란 상춧잎이 갓난아기 살결처럼 보드랍다. 연한 잎이 서툰 내 손길에 쉬이 찢어진다. 더욱 조심스레 손을 내미는데 투명한 비닐 속이 보인다. 이름 모를 풀이 포복 자세로 자라고 있다. 욕망을 다스린 잡초의 현명한 자태가 겸허함으로 읽힌다.

'삶'은 시간이란 터널을 통과하는 여정이다. 끝을 알 수 없는 시간을 소비하는 행로이다. 초여름 볕살이 주인의 손길이 닿은 곳곳을 살찌우고 있다. 가치 있게 소모한 시간의 흔적을 드러내고 있다.

[2024. 6.]

겨울 산정

늦은 오후에 설악산에 들어선다. 한겨울의 산은 묵언수행 중이다. 채도를 낮춘 겨울 산이 장대한 수묵화를 펼쳐놓았다. 무성한 녹음으로 치장했던 숲은 농도를 달리한 갈색으로 통일감을 연출한다. 독야청청 소나무도 색조를 낮추어 보조를 맞췄다.

권금성에 오르기 위해 케이블카를 기다린다. 나목 사이로 숲의 속살이 보인다. 담백하다. 생물도 무생물도 본연의 색채는 저렇듯 고요하고 차분한 빛깔인 걸까.

왼쪽으로 하얀 빙벽이 몇 개 보인다. 얼어붙은 비룡폭포와 육담폭포 등의 일부인 듯하다. 폭포수의 결빙이 암벽의 꽃처럼 하얗게 피어 있다. 강추위 속에서 겨울 산은 일치된 모습으로 단결했다. 암벽도 물줄기도 정지된 화면 같다.

사방이 한눈에 들어오는 권금성에 도착하니 삭풍이 위협적이다. 휘몰아치는 광풍에 균형을 잡기가 힘들다. 눈앞의 절경을 놓치기 아까워 휘청거리는 몸짓으로 너럭바위를 가로지른다. 병풍 같은 석벽을 피신처로 삼아 잠시 숨을 고른 후, 다시 바람에 맞선다.

유구한 세월에 살청된 기암괴석들이 장관壯觀이다. 남서쪽의 공룡능선과 서북쪽 울산바위를 눈높이에서 바라보며, 자연이 빚어낸 비경에 한껏 취해 본다.

권금성權金城은 《세종실록》 지리지에는 옹금산석성擁金山石城이라고 기록되어 있고, 《신증동국여지승람》에는 권權·김金의 두 가지 성을 가진 사람들이 이곳에서 난리를 피했다고 해서 붙여진 이름이라는 전설이 있는 성터이다.

바람을 등지고 내려오는 길, 골짜기 건너편에 있는 토왕성 폭포가 보인다. 시원하게 떨어지던 폭포수가 낙하를 멈추고 바위의 침잠에 동참했다. 거대한 빙벽이 만개한 겨울꽃이다. 푸르도록 하얀 얼음꽃이 눈부시다. 단단하게 내면을 다지는 바위의 침묵에 동조하고 있다. 저토록 깊이 타인의 처지에 공감하는 모습이라니!

고통이 드리운 그늘에 있을 때, 사정을 알게 된 몇몇 교우들이 염려와 기도로 사랑을 보여주었다. 그중에서도 유독 남다르게 느껴졌던 위로를 기억한다. 나보다 앞서 더 큰 고난을 겪었던 지인의 모습이었다. 말없이 잡아주는 손길과 심연의 슬픔을 헤아리는 듯한 눈빛이 마음을 어루만졌다. 공감의 온기였다.

그 순간 내가 미처 헤아리지 못했던 그녀의 비애가 맞잡은 손처럼 내 마음에 겹쳤다. 결이 다른 아픔이지만 애끓는 마음은 닮음이었으리라.

희푸른 얼음꽃을 바라보면서 한 편의 시를 떠올린다. 상징적인 의미에 다가가지 못하고 언저리를 맴도는 수준으로 마음에 담았던 시다.

겨울 산을 오르면서 나는 본다.
가장 높은 것들은 추운 곳에서
얼음처럼 빛나고
얼어붙은 폭포의 단호한 침묵.
가장 높은 정신은
추운 곳에서 살아 움직이며
허옇게 얼어 터진 계곡과 계곡 사이
바위와 바위의 결빙을 노래한다.
가장 높은 정신은 가장 추운 곳을 향하는 법

조정권의 <산정묘지> 중에서

해빙이 되면 이 산은 각기 고유의 빛을 내뿜는 생명으로 활기

가 넘치리라. 함묵으로 바위와 동렬同列에 섰던 폭포도 새로운 낙

화를 꿈꾸리라. 시원한 물줄기로 바위에 푸르름을 입히며.

[2025. 2.]

시간 속을 거닐다

　비취색 물빛이 새뜻한 아침을 펼쳐놓았다. 잔잔한 물결 위에 하얀 파도가 잠방거린다. 해안 언덕에서 내려다보이는 바다가 그지없이 평화롭다. 조금은 느긋하게 조각 공원까지 둘러보고 호텔을 나왔다.

　어제저녁 식사를 하고 숙소로 올라가는데 '시간 박물관'이라는 표지판이 눈에 띄었다. 시간을 전시한다니, 시간이 어떤 모습으로 방문객을 기다리고 있을까. 뻔한 예측을 하면서도 일순 호기심이 생겼다. 어쩌면 부부라는 이름으로 함께 걸어온 세월을 기념하는 이 여정에 꼭 필요한 곳이라는 생각이 들었다.

　모래시계 공원 주차장에 차를 세웠다. 오랜만에 들른 정동진이 조금 달라진 듯하다. 움직임을 알아채기 어려운 대형 모래시계는 잘록한 허리로 위아래에 비슷한 양의 모래를 담고 있다.

　박물관 매표소를 찾지 못해서 두리번거리다가 카페처럼 보이는 증기기관차 안으로 들어갔다. 커피도 살 겸 박물관 관람 티켓 구입처를 물어볼 생각이었다. 그런데 그곳이 바로 시간 속으로 가는 입구였다. 오랜 세월 멈춰 선 듯한 기차가 진한 향수를 불러 일으킨다.

박물관 초입에 전시된 작품 앞에서 안내인의 설명을 들었다. '시간'이라는 추상적인 개념을 물상으로 시각화한 시간의 탄생이 흥미롭다. 인류가 자연의 흐름과 질서를 알아차리고 만들어낸 다양한 도구들이 즐비하다. 시간의 자기장이 천천히 나를 끌어당긴다.

열차 객실에 전시된 각양각색의 시계가 빼어난 예술 작품이다. 시대를 아우르는 진귀한 시계들이 과거와 현대를 넘나들며 시공간을 잇게 한다. 해시계, 물시계, 향시계, 모래시계, 세슘원자시계 등 다양한 시계들은 물론이고 시간을 주제로 만든 조형 예술 작품들이 관람의 묘미를 더해준다.

한 시계 조형물 앞에서 잠시 오묘한 감정에 사로잡혔다. 동작 조형물 아티스트 '고든 브라듯(Gordon Bradt)'의 '그랜드파더 에잇맨 클락(Grandfather Eight Man Clock)'이라는 작품이다. 인간과 시간의 관계를 표현한 철학적 메시지가 묵직하게 다가온다. 커다란 직사각 구조물 안의 시계는 인간 모형 인형에 의해 작동한다. 여덟 개의 인형이 쉼 없는 움직임으로 제 몫의 역할을 하고 있다. 고개를 끄덕이고, 팔을 들어 올리고, 몸을 비틀고, 다시 제자리로 돌아오는 동작으로 시간을 빚어낸다. 한 치의 오차도 없이 무한 반복되는 몸짓이 시간을 유지하는 구조이다. 톱니바퀴가 맞물려 돌아가듯 시간의 무게를 감당하는 모습에서 순간 시시포스의 신화를 떠올린다. 그리고 우리의 모습이 겹친다.

생애주기에 따라 주어진 일상을 반복하며 삶을 지탱하는 인간의 모습이다. 우리는 살아 있는 한 시간의 굴레에서 벗어날 수 없다. 시간의 리듬에 맞춰 반복되는 일상에서 유의미한 생을 그려나가는 것이다.

고풍스러운 중세 시대의 시계를 감상한 뒤에 다음 칸으로 건너갔다. 마지막 관람관인 이곳에는 포토존이 기다리고 있다. 오랜 시간이 흐른 지금도 진한 감동으로 남아있는 영화 〈타이타닉〉의 한 장면이 배경이다. 영화 속 주인공 '레오나르도 디카프리오'와 '케이트 윈슬렛'처럼 사진을 찍었다. 40년의 응축된 세월이 풀어진다.

이십 대 초반, 핑크빛 환상 속으로 뛰어들었던 순간이 떠오른다. '사랑'이라는 감정에 모든 걸 집중했던 시간이 우리에게도 있었다. 6년여 동안 사랑을 키워 가던 중 혼인 얘기가 구체화 될 무렵 양가의 반대에 부딪혔다. 사랑밖에 가진 것이 없는 두 사람은 무모한 도피행각을 계획했다. 실행에 옮기기 전에 양가의 허락을 얻어, 달동네 월세방 계약금을 날리는 것으로 그쳤다. 어설 프고도 풋풋한 시절의 추억이 떠올라 조용히 미소 지었다.

부부라는 또 하나의 이름으로 겪었던 마흔 번의 사계절이 파노라마처럼 스쳐 지나간다. 아스라한 시간 속에 담긴 삶의 다채로운 맛이 새삼 느껴진다. 달콤했던 시간도 맵고 쓰고 아팠던 시간도 아련한 그리움으로 남아있다.

사랑하는 사람들에게 있어 오래도록 공유한 시간은 관계를 지탱하는 버팀목이 되기도 한다. 물리적인 시간이든 정신적인 시간이든 축적된 시간의 힘은 난관을 극복해 나가는 데 도움이 된다. 그래서 높게 쌓아온 시간의 탑이 무너질 때, 텅 빈 세상에 홀로 남아있는 듯한 공허함을 느끼게 되는 것이리라.

오랜 시간의 가치가 어디 사랑하는 사람들에게만 해당할까. 오래도록 같은 시공간에 소속된 이들에게도 시간은 친밀한 관계의 동력이 된다.

지나온 시간을 돌아보니 젊음의 패기로 굳게 다짐했던 사랑의 맹세를 남편은 소홀히 여기지 않은 듯하다. 질곡의 세월, 막막한 상황에서도 성실하게 약속을 지켰던 그가 새삼 고맙다. 울며 웃으며 지난한 세월의 터널을 지나온 우리의 시간도 머지않은 미래, 노년의 강을 건너는 힘이 되리라.

시간 여행을 마치고 기차에서 내리니, 시원하게 펼쳐진 파란 바다가 환영 인사를 한다. 오늘이란 시간 위에서 서로 얼굴을 마주하고 있는 이 순간이 더욱 감사하다.

미래에 반추할 수 있는 시간을 기대하며 시간의 리듬에 발을 맞춘다.

[2025. 6.]

별빛을 찾아가는 사유의 여정

-고미화 수필집 『별빛을 담다』에 붙여

이방주

수필가, 문학평론가

마름하기

고미화 수필가가 첫 수필집 《별빛을 담다》를 상재한다고 한다. 원고를 받아보니 더 반갑다. 그는 수필 〈하늘빛을 담으려면〉 〈후박나무 꽃향기〉가 2018년 월간 《한국수필》 8월호(통권 202호)에 신인상으로 당선되어 게재되면서 수필을 쓰기 시작했다. 그 후 그의 문학을 좋아하는 많은 독자를 오랫동안 기다리게 했다. 그간 《한국수필》 《수필과비평》 《수필미학》 《수필세계》 같은 국내 유명 수필 전문지에 작품을 발표하여 호평을 받았다. 최근에는 우리 고장 일간지 《충북일보》에 짧은 수필을 연재하면서 독자들의 심금을 울리고 있다.

수필집 《별빛을 담다》 원고를 천천히 읽었다. 작품집을 펴내지 않았을 뿐이지 등단 이후 멈추어 있는 작가는 아니었다. 꾸준히 붓끝을 다듬고 글 밭을 갈아 김을 매면서 벼리고 담금질해 왔기에 기대가 더 컸다. 권두에 실린 작가의 말에서 수필을 향한 수련의 과정에서 수필에 대한 관점이 정립된 모습이 보였다. 그의 수필관을 이렇게 정리한다.

  - 일상에서 잃어버린 체험을 반추하여 제재로 삼는다.
  - 삶의 세계에서 놓치고 싶지 않은 위안의 끈을 되살려 주제로 삼는다.
  - 독자에게 잃어버린 것들을 찾는 기회를 주면서 공명을 얻는다.
  - 살아가면서 마음의 창에 걸어 놓을 수 있는 별빛을 소망한다.

짤막한 그의 소회에는 수필가로서의 살아온 과거와 그리고 갈고 다듬는 현재와 문학으로써 독자들에게 다가갈 미래의 소망이 담겨 있다. 창작에 임하는 작가의 고백이다. 일상에서 겪은 체험의 기억을 소환하여 삶의 의미를 찾아 독자와 함께 나누는 문학이 수필이라는 생각이다.

등단 이후 지면에 발표했거나 발표하지 않은 작품 전 54편을 6부로 나누어 '삶의 향기 – 쉼표 하나 – 별사람 – 이웃 – 희망'이라는 주제로 가름하여 수록한 것으로 보인다. 함께 수필 창작을 공부한 문우로서 54편을 하나로 꿰는 언어로 말하고 싶다. 그래서 찾아낸 단 한 마디가 '별빛을 찾아가는 사유의 여정'이다. 그의 글에서는 자아가 소망하는 별빛에 대한 정의가 보이고, 별빛에 대한 그리움이 보이고, 별빛을 향하는 여정이 보였다. 그리고 그 여정에는 사람들을 사랑하면서 관계를 지어가는 사유가 존재한 다. 당연히 누구도 겪어보지 않은 죽음의 세계에 대한 두려움과 죽음을 경건하게 받아들이고 거룩함으로 승화할 수 있는 사유의 경지에 이른 모습이 보였다. 그것은 작품에 나타난 그의 인식 세 계이다.

수필은 삶의 세계에 대한 작가의 해석이다. 작가가 지니고 있 는 인식의 세계를 알아보지 않고 수필을 읽었다고 하기는 어려울 것이다. 만약에 인식의 세계를 알아보지 않고 작품을 덮어두는 사람이 있다면, 그것은 문학작품을 읽은 것이 아니라 소소한 이 야기를 들은 것이다. 작가의 세계에 대한 인식을 알아보았다면 반드시 이루어야 하는 작업이 또 있다. 그것은 바로 형상의 방법 을 알아보는 것이다. 일상에 대한 해석을 통하여 얻은 삶의 철학 을 효과적으로 전하기 위하여 어떤 언어, 구성, 문체를 사용했는 지 알아보는 것도 매우 중요하다.

한국 수필문학은 2000년대 들어 양적으로 팽창하고 질적으로 성장하였다. 특히 2020년대 이르러 체험을 소환하여 해석하고 상상하는 구성으로 수필문학의 독자성을 유지해 오던 전통 수필 에 철학성과 서정적 민족 정서를 수용하여 미적 감동을 불러오는 변환과 성장을 가져왔다. 더구나 최근에는 철학적이고 교시적인 아포리즘을 표면에 드러내지 않고 소소한 일상의 서사에 담아내어 독자층의 호응을 크게 얻어내고 있다. 고미화는 이 시기에 수필가로 등단하고 등단 이후에도 계속하여 수필 창작 수련에 전념하였다. 그는 자신이 가지고 있는 수필관을 바탕으로 인식의 세계를 어떻게 형상화하고 있는지 알아보는 것도 매우 중요한 일이다. 특히 비교적 감성적이고 서정성을 드러내는 그의 개성적인 문체가 어떤 의미를 지니는지 살펴보는 것도 작가와 독자 사이의 징검다리가 될 수 있을 것으로 생각한다. 고미화의 사유 단계는 전통에서 많이 벗어난 듯하면서도 전통적 구성법을 유지하고 있는 것이 특징이다. 그의 작품 구성법도 아울러 알아보고 급변하는 2020년대 한국수필 문단에 어떤 영향을 주고 있는지 살펴보는 것도 매우 의미 있는 일일 것이다.

별빛, 영혼이 승화하는 초월적 매체

고미화가 소망하는 별은 무엇일까. 그에게 별은 그리움이고 아쉬움이다. 별은 푸른 사연을 담고 있으며 그래서 찬란한 푸르름으로 영원성을 획득했다고 했다. 별빛은 가슴 시린 사람에게 더 가까이 가는 것이라는 생각이다. 그래서 그에게 별은 꿈이고 희망이다.

우리 문학에서 별빛은 그리움과 추억, 어둠 속의 희망, 순수한 영혼, 영원한 진리를 상징한다. '빛바랜 동심이 올라와 세월의 무게를 덜어낸다.'라고 했듯이 멀리서 아련히 빛나는 별빛은 도달할 수 없는 대상을 상징하는 것이 일반적이다. 대개 잃은 사랑, 떠난 사람, 다가갈 수 없는 사람을 의미하기도 한다. 지나간 시간에 대한 그리움을 말하기도 했다.

　꿈을 이룬다는 것은 방향성을 잃지 않는 것을 토대로 한다. 삶은 밝음과 어둠이 공존하는 시간을 통과하는 여정이다. 혹여 지금 어두운 시공간을 지나가는 중이라면 잠시 걸음을 멈추고 밤하늘을 바라보자. 짙푸른 창공에서 조용히 보내는 별빛의 응원을 놓치지 말자.
　밤이 더 깊어지고 있다. 푸른 별빛이 한 아름 담긴 하산 길이 충만하다. 영월 여정 마지막을 천문대로 정한 것은 괜찮은 선택이었다.
　이튿날 남한강 줄기를 거슬러 오는 귀갓길이 은빛으로 환하다. 신화가 되기를 거부한 낮별들이 강물 위에 내려와 유희를 즐기고 있다. 초가을 맑은 햇살에 은방울 같은 별꽃들이 눈부시게 고운 몸짓으로 우리를 배웅한다.

-<별마로 천문대>에서

이 작품에서 어둠 속에서도 꺼지지 않는 별빛을 보고 있으면서 그것은 절망 속에서도 어둠과 공존하는 희망이라고 생각한다. 인간의 이상과 꿈과 동경이 이 별빛에 담겨 있다. 더구나 낮에 보는 강물의 반짝임까지도 별로 인식하기에 이른다. 〈별마로 천문대〉를 비롯한 여러 편의 작품에 드러난 고미화의 별빛은 때로는 인공의 불빛에서 밀려나기도 하지만 내면의 순수함, 고귀한 양심, 정신적 가치를 지니는 영혼의 빛으로 반짝인다. 이러한 별빛은 아스라하게 멀리 보이는 것처럼 우리네 삶에서 초월적인 세계에 존재하는 신성한 것으로 인식하고 있다.

고미화는 꿈을 이루기 위한 방향성에 관심을 갖는다. 독일 철학자 쇼펜하우어도 인간에게는 고난과 고통이 반드시 필요하다고 주장했다. 이를 설명하기 위해 배가 방향을 잃지 않고 앞으로 나아가기 위해 필요한 바닥짐을 들어 설명했다. 작가는 그의 작품 〈바닥짐〉에서 이를 받아들였다. 정신적 고통이든 육체적 고통이든 방향을 잃지 않고 앞으로 나아가기 위해서 필요하다는 생각이다. 흔들리지 않는 가치관을 갖기 위해서라도 마음의 바닥짐이 필요하다는 것이다. 이 또한 별을 찾아가는 사유의 여정이라고 생각한다.

사람의 마음에도 적당한 바닥짐은 필요할 것이다. 급변하는 세파 속에서 다양한 가치관을 지닌 사람들과 발맞추어 살아가다 보면, 같은 상황에서도 서로 다른 관점으로 상충하게 되는 경우가 있다. 마음의 바닥짐이 부족한 나는 간혹 사람들과의 관계 속에서 부딪혀 흔들리게 되면, 강풍을 만난 배처럼 요동치는 마음이 제자리를 찾아 돌아오는 데 시간이 걸리곤 한다. 내면의 바닥짐이 가벼운 탓이다.

-<바닥짐>에서

그는 수행의 필요성을 깨닫는다. 견고한 '마음의 바닥짐'을 갖기 위해서, 설익은 말도 담아낼 수 있는 성숙한 사람이 되기 위해서, '사고의 사각지대를 인정하는 지혜'를 필요로 한다. 인간은 현실이 행복하고 우아하다 하더라도 중력의 영향을 받으며 살아가게 된다. 바닥짐이라는 중력이 없으면 허공에서 흔들거리며 살 수밖에 없을 것이다. 작가는 별빛을 찾아가는 사유의 여정에서 끊임없이 정신적 수행을 계속한다. 수행 과정에서 고통을 나무의 우듬지에서 발견한다. 〈어떤 아름다움〉에서 '인고의 시간이 응결된' 우듬지의 굵은 옹이에서 시련에 굴하지 않고 의지를 불태운 나무에 경외심을 갖는다고 했다. 고통과 시련이 승화된 아름다움에 향기가 배어 있음을 확인한다.

별빛을 향하는 사유의 여정에서 고통이든 아름다움이든 현실을 수용하여 순화하면서 자아가 지니고 있는 가치를 견지하려는 의지가 드러난다. 그의 작품에서 별빛은 영혼의 승화와 소망의 빛으로 가는 초월적인 매체가 되었다.

사랑, 소리 없이 번지는 향기

고미화는 사랑을 '소리 없이 번지는 향기 같은 것'이라고 정의한다. 그리고 소리 없는 사랑은 소리 없이 스며들어 누군가의 가슴을 충만하게 한다며 그 속성을 밝힌다. (〈후박나무 꽃향기〉에서) 국어사전에서는 사랑을 '사람이나 존재를 아끼기 위하여 정성과 힘을 다하는 마음'이라고 한풀이에 비해 매우 시적인 표현이다. 철학자들은 일반적으로 사랑을 '자기와 타인의 경계를 넘어서는 마음의 움직임', 즉 타자를 향한 긍정적 에너지의 흐름이라고 설명한다. 플라톤은 사랑(eros)를 '결핍에서 비롯된 아름다움에의 동경'이라면서 '불완전한 인간이 완전한 아름다움, 즉 진리로 나아가려는 상승 작용'이라고 설명했다. 이에 비해 아리스토텔레스는 '단순한 감정이 아니라 서로의 선함을 인정하고 함께 나누는 윤리적 관계'라고 설명했다.

『별빛을 담다』에 수록된 사랑을 제재나 주제로 한 몇 편의 작품에서 고미화는 사랑에 대하여 자신을 생각의 중심에 놓는 자세를 버리고, 다른 사람과 고통을 함께하고 다른 사람의 고통을 덜어주는 실천적 행동으로 보았다. 자신이 실천하는 사랑을 내세우지 않고 다른 사람—작품에 대상으로 등장하는 어머니, 시부모, 남편, 아들, 딸, 손자, 동생, 시매부 등의 가족—의 가슴에 소리 없이 스며드는 향기라고 규정하고 실천한다.

　사랑의 실천을 제재로 한 작품 〈공산성에서〉는 어머니와 사위의 관계를 통하여 자신의 어머니에 대한 사랑을 성찰한다. 〈재래시장에서〉는 어머니를 모시고 재래시장에 가는 서사를 통하여 불효를 반성한다. 그밖에도 손자, 아들, 딸, 동생에 대한 사랑을 고백하고 있다. 가족들에 대한 실천하는 사랑을 제재로 한 작품이 유독 많지만, 가족의 사랑을 받음으로써 치유를 받는 작품도 있어 눈길을 끈다.

　소금은 겸손한 성질을 지녔다. 유기물 속에 겸허히 스며들어 자신을 드러내지 않는다. 욕심 없이 자취를 감추고도 오롯하게 존재한다. 그 무엇과도 일치할 수 있지만 주인 행세를 하지 않는다. 맞닿은 존재가 고유성을 잃지 않도록 이타심을 발휘한다. 그렇게 변형 속에서도 본연本然을 간직할 수 있다고 다독인다.

　올해 고희를 맞이하신 그분의 삶을 돌이켜 보니 지나온 발자취에 소금 향기가 가득하다. 평범한 일상 안에서 걸어온 이타적인 발걸음이 주변을 환하게 밝히고 있다.

-〈소금 향기〉에서

작가는 남편의 매형(시매부)이라는 분의 이타적 사랑을 가정에 '빛과 소금'으로 자리했다고 규정한다. 그분의 사랑으로 '삶의 뜨락에 볕이 든다', '영혼의 상처가 말끔해지곤' 한다며 마음의 치유에 감사한다. 이 작품은 '소금'이라는 소재의 본질을 궁구하여 사랑의 본질을 찾아내는 통섭의 방법으로 전개해서 사랑의 속성을 더욱 명징하게 드러냈다. 이러한 진술 방법은 형상을 이야기할 때 더욱 자세히 알아보기로 한다. 작품 〈소금 향기〉에서 작가가 말하고자 하는 사랑의 속성은 매우 문학적으로 형상화되었다. 결국 사랑은 자신이 아닌 다른 사람이나 존재를 향하여 별빛을 올려 비추는 정성, 고난과 고통이라는 어둠 속에서도 올려놓은 별빛을 향하여 찾아가는 마음이라 말하고 싶은 것이다. 사랑의 가슴을 지닌 그에게는 믿음이 있다. 자신이 향하는 별빛의 여정에는 언젠가 자신을 향하여 비추는 별빛이 있을 것이라는 겸손하면서도 확고한 믿음이 그것이다.

그리움, 영적 탐색의 무늬

고미화는 노을을 그리움의 시간이라고 했다. 아들에 대한 그리움 앞에서 친구의 말을 빌려 '그리움은 원치 않는 잃음의 반영'이라고 규정했다. 여기서 반영이란 말은 '반사되어 되비치는 그림자'인 반영反影을 말하는 것으로 미루어 짐작할 수 있다. 원치 않는 잃음은 누구나 있을 것이고 그래서 누구나 그리움을 안고 살 것이다. 어찌 보면 한국문학의 전반을 하나로 꿰는 정서는 그리움이라 해도 지나친 말은 아닐 것이다. 고미화가 말하는 '원치 않는 잃음'이란 단순한 정서나 감정이 아니라 인간 존재의 근원적 결핍과 회귀에 대한 가욕可欲 즉 선善으로 인식되어 문학의 중심 제재가 되었다. 우리 민족에게는 그리움이 솟아오르는 근원적인 샘이 있는 것이 아닐까 하는 생각이 들 정도이다. 정이 많은 민족인데도 상실과 부재가 따라다녀서 한으로 엉겨 정한情恨의 문학이라고 할 만큼 그리움은 우리 문학의 중요한 제재가 되었다.

한국문학에서 그리움은 '사랑의 부재', '고향 상실', '국권의 상실', '시간의 흐름 속에서 잃어버린 것들에 대한 회한' 등으로 구체화되어 그리움으로부터 존재의 의미를 탐색하는 사유가 시작된다. 서민의 정서가 진솔하게 담긴 고려속요에는 이별과 기다림의 정서가 배어 있음은 설명하지 않아도 누구나 이해할 것이다. 조선 시대에는 장르를 불문하고 그리움으로부터 시작하는 정과 한의 문학이었다. 국권을 상실했던 20세기에 들어 한국문학은 상실된 고향의 정체성과 그 회복에 대한 절절한 가욕可欲을 담아 문학이 저항의 에너지가 된다.

고미화의 작품은 한국인의 일반적인 그리움에서 승화된 것으로 보인다. 그의 그리움 제재는 단순하게 과거 기억을 소환하는 데 그치지 않고, 사랑의 절제, 그리고 떠난 존재와의 영적 연대를 상징하기도 한다. 존재의 성찰로서의 회귀이다. 이러한 존재에 대한 성찰은 다른 사람의 세계, 그리고 절대자의 신성성에 다가 가려는 존재적 감각으로 표현되기도 하였다.

고미화의 수필 가운데 그리움을 담은 몇 편을 살펴보면, 그리 움이 사랑의 다른 이름으로 표현되기도 하였다. 특히 군에 간 아 들에 대한 그리움을 이렇게 말하였다.

내 그리움의 무늬는 다채롭다. 새벽녘 등잔불 아래서 바느질하시 던 할머니의 모습도, 어린 동생을 등에 업고 신작로에서 버스를 타시 던 어머니의 모습도 아릿하게 기억된다.

석양이 빚어내는 노을은 우리의 모습 같다. 닮은 얼굴, 비슷한 표 정은 있을지언정 어느 하루도 똑같은 날은 없다. 늦여름이나 초가을 맑은 날의 강렬하고 붉은 노을도 좋지만, 잔불이 남아있는 아궁이 속처럼 은은한 온기가 느껴지는 2월의 유순한 노을빛도 좋다.

가까운 친구가 이런 말을 했다. '그리움은 원치 않은 잃음의 반영 이다. 그리움은 사랑에서 시작된다. 승화된 사랑이 열매로 남은 것이 다.' 그의 사유와 언어가 내 사고의 지평을 넓혀주었다. 지금 곁에 없는, 닿을 수 없는 그 대상에 대해 간절함이 그리움이란 싹을 틔운다. 사랑을 주고받을 수 없는 안타까운 마음 안에서 생성되는 것이라서 그리움을 담고 사는 이의 마음은 유순할 수밖에 없다.

-<노을 앞에서>에서

작가는 아들에 대한 그리움 앞에서 그리움의 시작은 가족이라고 고백한다. 할머니, 어머니에 대한 그리움이 그리움의 원천임을 말하고 있는 것이다. 사랑에서 시작하는 그리움은 다시 사랑으로 열매를 맺는다는 것이 그의 생각이다. 그리움을 담고 사는 사람은 유순할 수밖에 없는 것이라서 그의 그리움은 '또 다른 그리움의 무늬'로 성숙한다.

노스탤지어의 속성은 항상 닿을 수 없는 곳에 존재하니까. 사랑과 그리움이 비례하는 것이라면, 나는 사랑을 많이 가진 사람인 듯하다. 추억의 갈피갈피에 새겨진 무늬가 소중한 그리움으로 간직되었다. 사랑하는 사람과의 첫 만남, 설레었던 시간도 여전한 그리움으로 남아있다. 서쪽을 향해 달리는 이 시간, 나는 지금 미래의 그리움 속으로 가고 있다.

-<노을 앞에서>에서

이렇게 그리움은 미래로, 그리고 궁극적으로 절대자에게 향한다. '석양이 빚어내는 노을은 우리의 모습'을 닮은 것처럼 그리움은 하늘을 닮는다. 우리가 하늘을 그리워하듯이 하늘도 우리를 그리워하고 바라보고 있다는 것은 어느 수녀님의 수필과도 같다. 다시 말하면 그리움은 군에 간 아들뿐 아니라 곁을 떠난 친구나 연인과도 대화할 수 있고, 보이지 않는 절대자와도 대화할 수 있으며, 내면에 존재하는 또 다른 자아와 대화도 가능한 영적 통로가 된다.

고미화는 다른 작품에서 절대자를 만날 때도 그리움이 필요하다고 했다. 젊은 날의 그리움의 빛깔은 노란색이었다가 지금은 갈색이 되었다면서 그리움이라는 감정의 이동에 대하여 말한다.(〈디어 마이 프렌즈 고독〉에서) 그래서 절대자를 만날 때는 '고독'이 필요하다고 했다.

고미화의 그리움은 단순한 결핍의 감정이 아니라 존재를 확인하는 사유의 정서였다. 그의 그리움은 상실과 회복의 바람[可欲]에 대한 의지였으며 자아 성찰과 영적 탐색으로 승화되어 작품에 스며들었다. 그리움은 한국문학의 정한[情恨]이라는 정서적 유전자이자 존재의 본질적 고독이 내재한 감정으로 고미화 수필가에게도 깊은 반영을 끼쳤다고 본다.

죽음, 거룩한 완성

'죽음은 삶의 마지막 장을 완성하는 순간'이라는 것이 고미화의 생각이다. 죽음은 삶의 거룩한 완성이란 말이다. 한국문학 작품이나 전래 설화에 담긴 한국인의 죽음에 관한 의식은 자연의 순환 질서 안에서 이루어지는 삶의 한 과정으로 받아들인다. 죽음은 생의 원향原鄕인 자연으로 돌아가는 것이라는 생각이다. 한국인에게는 영혼은 사라지는 것이 아니라 영원하다는 생각이나, 삶의 세계와 죽음의 세계는 분리되어 있는 것이 아니라 연속적인 세계라고 보는 공통된 의식이 있다. 죽음이란 육체에서 영혼이 분리되어 떠나는 것일 뿐이라는 영육분리 의식도 있다. 심청전처럼 죽음을 도덕적이고 윤리적인 완성으로 보는 작품도 있다. 이에 비하여 서구의 기독교 사상은 '죽음이란 부활의 문'이라 생각하면서 하나의 통과의례 정도로 이해한다. 그러나 그 밑바탕에 죽음은 삶과 단절된 것이 아니라 연속적인 것이라는 생각이 우리 민족과 공통적으로 깔려 있는 것으로 해석할 수 있다. 또는 죽음이라는 의식적 행위를 통해 삶을 더 깊게 이해하려 하는 초월적인 인식이다. 다음 작품은 죽음 앞에서 자신의 본분을 다하는 윤리적 완성의 모습을 보여준다.

죽음은 삶의 마지막 장을 완성하는 순간이라고 한다. 어쩌면 인간의 가장 본질적인 모습이 드러나는 순간이 죽음의 문턱이 아닐까 싶다. 지상과 영원히 작별하는 순간 의지와 상관없이 원초적 본능이 내 행위를 지배할지도 모르겠다. 그 행위는 삶의 여정 중에 쌓인 가치관에 의해 표출되기도 하리라. 지상에서의 마지막 순간, 내 삶의 마지막 장이 아름답게 마무리될 수 있기를 감히 소망해 본다.

-<고결한 순간들>에서

죽음 앞에서 고결해지는 것이 거룩한 일이기는 하지만, 현재는 미래를 단정할 수 없으니 진정 그런 모습일지 확신하지 못한다. 다만 그런 모습이기를 희망하는 것은 누구나 마찬가지일 것이다. 영화의 주인공들이 삶의 희망이 사라진 절망적인 순간에도 초연할 수 있는 모습에 작가는 감동한다. 그러나 이와 같은 윤리적 완성을 보여주는 죽음은 영화에만 있는 것은 아니었다. 작품 〈여름이 되기로 했다〉에서는 죽음에 앞서 대세代洗를 받으시는 시부모의 감동적인 서사를 담고 있다. 거룩한 죽음의 모습은 멀리 있는 것만이 아니라 아주 가까운 부모님께도 있는 일이었다. 조선시대 이후 유교적 가치관은 죽음을 윤리적 완성으로 생각했는데 천주교의 대세 의식에도 공통된 사상이 존재하는 것을 이 글에서 볼 수 있다.

죽음은 삶의 의미를 확인한다. 고미화 수필가는 빈센트 반 고흐의 삶에서 '짧지만 찬연한 생'을 발견한다. 고흐가 아우인 테오에게 쓴 서간문을 읽고 진정한 사랑의 가치, 고독했지만 외롭지 않은 삶, 자신에게 정직한 삶의 가치를 깨닫는다. 그리고 가족과의 관계에서 흔들렸던 자신을 바로 세울 수가 있었다. (〈오베르쉬르우아즈에서의 하루〉에서) 어찌 보면 이러한 삶의 과정은 삶의 완성인 거룩한 죽음을 향한 실행이다.

죽음에 대한 작가의 의식은 자신도 생태계에서 살아가는 하나의 개체임을 깨닫게 한다.

지구의 모든 생명체는 살아 숨 쉬는 자연의 순환 속에서 자연과 더불어 살아간다. 빗방울이 떨어져 하천을 지나 강물이 되어 바다에 이르고, 순환하는 여정에서 시작과 끝을 어떻게 규정하고 단정할 수 있을까. 어쩌면 우리가 서 있는 모든 곳이 바다가 시작되는 지점이 아닐까.

-〈바다가 시작되는 곳〉에서

바다가 시작되는 곳이라는 경구는 생태주의 사고에서 나왔다고 할 수 있다. 생태주의(ecologism)는 인간을 자연의 일부로 보고, 생명은 상호 의존적이며 순환 속에서 존속한다는 사상이다.

그러므로 죽음은 소멸이 아니라 자연의 질서 속으로 돌아가는 과정이라고 이해한다. 생태주의 사고와 한국인의 죽음에 관한 의식은 인간중심적인 세계관을 거부하고 자연을 이루는 개체로서의 인간이라는 생각을 갖게 된다. 인간은 자연의 모든 개체 중의 하나일 뿐이라는 사고이다. 자연은 개발하여 이용할 대상이 아니라 언젠가 돌아가야 할 원향인 것이다. 이 작품에서 내 발밑이 바로 '바다의 시작'이라는 말은 우리가 돌아가야 할 원향이 바로 여기라는 의미이다.

고미화의 작품 세계에서 죽음은 거룩한 완성으로 해석된다. 슬픔을 초월하여 정한情恨의 승화라는 의미이다. 죽음은 윤리적 선택, 정한의 정서와 결합하여 슬픔을 초월한 미적 감동으로 승화된 것으로 해석하여 독자에게 울림을 준다. 그의 작품은 찬찬히 의미를 새기며 읽으면, 죽음은 단절이 아니라 거룩한 완성이라는 기독교 사상과 공통되는 한국인의 공동 심의가 존재하는 것을 발견할 수 있다. 이러한 정신세계를 찾아내어 용해하는 것이 수필 문학에서 거둘 수 있는 효과이다.

별빛으로 형상화하는 언어

작가의 개성은 형상화 기법으로 드러난다. 아무리 깊이 있는 철학적 인식과 해석일지라도 형상이 이루어지지 않으면 문학이라고 할 수 없다. 수필은 비전문적인 문학이라는 생각은 잘못된 생각이다. 아무나 대충 써놓고 수필이라고 한다면 문인의 자세가 아니다. 수필은 무형식의 형식이라는 말을 수필은 생각나는 대로 두서없이 써도 된다는 말로 오해하면 안 된다. 수필은 주제와 제재에 적절한 형식이 있고, 주제를 드러내기 위한 구성도 필요하다. 수필은 사유의 단계가 있고 상상의 방향이 있다. 이러한 수필 창작의 요건이 갖추어지지 않으면 그것은 수필이 아니라 잡문일 수밖에 없다.

한국 전통 수필은 한국인 나름의 사유 체계에 맞추어 구성해야 한다. 생산자든 수용자든 우리식의 사유가 있기에 체계에 맞추어 쓰면 그만큼 공명이 빠르다. 사유의 체계는 시대와 계층에 따라 변환하지만 기본적인 틀에서 크게 벗어나는 것은 아니다.

고미화의 《별빛을 담다》에 수록된 작품을 살펴보면 작품마다 구성의 공통점이 있다. 그것은 일상의 체험에 대하여 작가 자신의 소양과 교양에 따른 해석과 그 해석에 따른 상상으로 구성되었다는 점이다. 이러한 구성은 고려 시대에 이미 완성된 한국 전통 수필의 구성 체계를 크게 벗어나지 않는다. 그의 등단작인 〈하늘빛을 담으려면〉을 예로 들어보면 구성 체계가 뚜렷이 보인다. 먼저 물이 흐린 호수와 맑은 호수를 본 경험을 소환한다. 그

호수에 하늘이 담긴 모습을 그린다. 그리고 사람의 마음을 거기에 빗대어 자아를 성찰한다. 〈소금 향기〉도 같은 구성이다. 이런 구성 체계의 큰 틀은 수록된 54편의 작품에 대부분 통용된다.

그의 작품 구성상 특징은 또 있다. 대부분 작품이 일상의 체험을 소환한 서사를 뼈대로 한다. 거기에 서정으로 살을 붙여 감동을 준다. 그러나 서정에 지나치게 얽매이지 않는다. 그의 수필은 어디까지나 서사가 중심이다. 서사에 담긴 그의 인식이 더 큰 감동을 준다는 말이다.

소환된 체험으로 된 대부분의 서사는 그 자체로 의미를 갖지는 않는다. 재미를 주지만 이야기가 아니라 서사이기 때문에 삶에 대한 자아의 인식을 바탕으로 한다. 서사는 작가가 독자에게 전하고자 하는 주제를 위한 자료일 뿐이다. 이 경우 체험 서사를 상관물이라고 한다. 체험 서사의 상관성을 통한 인식의 세계를 형상화하는 구성법이다.

고미화의 작품은 매우 서정적이고 시적 표현으로 보인다. 이는 자아의 정서를 솔직하게 고백하였기 때문이고, 적절하고 고급스러운 보조관념으로 상징과 비유를 사용하여 표현했기 때문이다. 그러나 그의 문장은 의미 없이 허랑하지 않다. 이것은 수필 문장이 가야 할 길을 잘 알고 쓴 단단한 표현법이다. 수필은 아름다운 문장으로 형상화하는 것이 좋지만 주제가 흩어지면 효과는 반감

된다. 표현보다는 메시지가 우선이라는 문장 표현법을 잘 알고 쓴 수필이다.

수필 창작 과정에서 가장 어려운 것은 진술 방법의 선택이다. 대개의 경우 서사나 묘사의 방법으로 진술하는 것이 독자에게 현장감을 준다. 그런데 대부분의 수필가는 설명으로 일관한다. '말하기' 방법을 쓴다는 말이다. 그런데 고미화 수필가는 '보여주기' 진술이 대부분이다. 묘사나 서사가 많다. 물론 여기에 설명을 가미하여 독자의 이해를 돕는다. 그의 수필에서 이러한 사실을 확인하면서 읽는 것도 매우 의미 있는 일이다.

고미화의 형상화 방법은 이미 수필의 문학적 별빛을 찾아가고 있다. 더 많은 내용을 누누이 설명하지 않아도 읽는 동안 독자의 눈이 환하게 밝아오는 것을 느낄 수 있을 것이다. 그러나 붓도 쓰지 않으면 굳어버리거나 끝이 부서지듯이 끊임없는 수련이 더 품격 높은 작품을 생산할 수 있을 것이라 믿는다.

휘갑치기

고미화 수필가는 2018년에 등단하여 작품을 서울과 지방의 문예지에 발표하였다. 또 등단하기 이전에 수년간 수필 창작 공부를 해왔다. 그는 우리 수필 교실에 와서 별난 창작법을 얻은 것 같지는 않지만, 좋은 작품으로 문단에 이름을 올렸고, 전국 문단에서 좋은 글을 쓰는 수필가로 알 만한 사람은 다 안다. 그는 별다른 말이 없다. 자신을 남 앞에 세우지도 않고 남을 자신 앞에 세우려 하지도 않는다. 그는 어떤 철학에 갇히지도 않을뿐더러 자신의 철학이 쉽게 흔들리지도 않는다. 자신을 세상에 드러내려고 애쓰지도 않고 누군가를 깎아내리지도 않는다. 그의 목소리는 잔잔하고 높지 않다. 강하지도 많지도 않지만 그의 말은 설득력 있고 울림이 크다.

고미화의 삶이 곧 수필이다. 《별빛을 담다》에 수록된 54편의 작품이 곧 그의 삶이다. 작품이 곧 수행의 기록이라는 말이다. 과묵하고 잔잔한 삶을 살아온 그에게도 고난이 있고 정신적 고통이 있었다는 것은 작품을 통해서 이해한다. 그러나 그는 별빛을 담으려는 의지를 잃지 않았으며, 세계와의 관계를 소중하게 여기고 사랑하였으며, 사랑하는 별빛과 사랑에 대한 그리움을 잃지 않았으며, 신앙심을 잃지 않았고, 삶의 완성을 위하여 오늘도 별빛을 찾아가는 사유의 길을 걷는다.

첫 수필집 《별빛을 담다》 출간을 축하하며 붓끝이 늘 젖어 있어 무디어지지도 부서지지도 않도록 끊임없이 자아를 벼리고 담금질하기를 기원한다.